ハーレクイン・ロマンス・タイムマシン

鏡の家

イヴォンヌ・ウィタル 作

ハーレクイン・プレゼンツ 作家シリーズ 別冊

東京・ロンドン・トロント・パリ・ニューヨーク・アムステルダム
ハンブルク・ストックホルム・ミラノ・シドニー・マドリッド・ワルシャワ
ブダペスト・リオデジャネイロ・ルクセンブルク・フリブール・ムンバイ

HOUSE OF MIRRORS

by Yvonne Whittal

Published by Harlequin Japan, a Division of K.K. HarperCollins Japan, 2025

イヴォンヌ・ウィタル

南アフリカ生まれ。70 年代後半から 90 年代初頭にかけて活躍した作家。独特な雰囲気をもつ南アフリカの各地を舞台に男女の愛のもつれを描いた作品は、今なお絶大な人気を誇る。

主要登場人物

リズ・ホールデン……………………童話作家。
パメラ……………………………………リズの上の姉。
ステイシー………………………………リズの下の姉。
アンガス…………………………………ステイシーの夫。
グラント・バタスビー…………………外科医。
マイラ・キャベンディシュ……………グラントの恋人。
アラン・ビショップ……………………グラントの同僚。医師。
ジョー・タウンセンド…………………グラントの同級生。弁護士。
サム・ミューラー………………………グラントの牧場の管理人。

1

朝早い日の光が窓のレースのカーテンを通して差し込み、カーペットをはがしてむき出しになった木の床に、あやしげな影模様を作っていた。整理だんすの上も化粧台の上も、使い古した本から、ひよこをかたどった磁器のエッグカップまで、雑多に積みあげられていた。革張りのアームチェアはレコードやポータブルのタイプライター、それに家族のアルバムなどでぎっしりだった。

窓の外の木々には小鳥がさえずり、遠くで犬がけたたましくほえるのが聞こえた。だが、リズ・ホールデンはすがすがしい朝を迎える気分ではなかった。シーツの下にもぐり込み、うめき声をもらして、枕に頭を埋めた。前の晩遅くまで家具や持ち物を整理し、必要なものは荷造りし、いらないものを捨てたり、競売に出すものを選んだりしていたからだ。楽しい仕事ではなかったが、やむを得ない。長姉のパメラはカナダで、二番目の姉のステイシーは臨月だったから、子供のころから親しんできた家をリズ一人悲しい思いでたたまねばならなかった。

ホールの電話のベルが静けさを破った。リズはぶつぶつ言いながら古い木綿のハウスコートに腕を通した。

「いま行きます、いま行きます」リズはあわただしく、履物もはかずに寝室をとび出した。途中で木枠に脚をぶっつけ、悪態をつきながら脚を撫でると、もう一方の手で受話器を取った。「はい、どなた?」

「こんなに気持のいい朝なのに、ご機嫌ななめなのね」ステイシーの楽しげな声が聞こえてきた。

「まだやすんでいたのよ」リズはいくらか声をなご

ませて言った。

「まあ！　もう八時半よ。わたしなんかとっくに起きてるのに」ステイシーは大げさに声をあげた。

「けっこうなことね。だけど、わたしが寝たのはけさの二時よ」

「盛大なパーティだったのね」

前の晩の奮闘のなごりの中にいたので、リズは切り口上で答えた。「おもしろがることじゃないわ」

「ごめんなさい」ステイシーはすぐまじめな口調になった。「気分を滅入らせちゃだめよ、リズ」

「そのつもりだけど」

「あのね、電話をしたのは、ゆうべアンガスとあなたのことを話し合ったの。あなたがこれからどうするか決めるまで、うちへ来てもいいって、アンガスも言うのよ」

「それはご親切さま。でも……」

「そんな〝でも〟なんて言っちゃだめ。あなたがかたくなに断ったら、わたしも負けずに説得しろって、アンガスは言うのよ。部屋はあるんだし、あなたに子育ての知恵を借りられると、わたしも助かるわ」

「お望みはわたしと一緒にいる楽しさよりも、わたしの子育ての知恵なのね？」

「よかった、いつものあなたらしくなってきたわ。妹はうちに越して来ることになりました、とアンガスに伝えてもいいわね？」

「どうぞ」リズはにっこりした。「ありがとう、ステイシー」

「それからちょっとしたニュースがあるの。グラント・バタスビーがハイリッジズ牧場に帰って来て、しばらく滞在するんですって」

何年もの間、心の中に秘めてきた感情が顔をのぞかせ、リズはきゅっと胸を締めつけられた。「そんな話、どこで聞いてきたの？」

「牧場管理人のサム・ミューラーがきのうトラック

を修理に運んできて、アンガスに話したらしいの」

「そう」

「あら、急がないと、約束の時間に遅れるわ。美容院に行くところなの」

ステイシーは電話を切った。リズはベッドに戻り、ひざを抱いて考え込んでいるうちに、過ぎ去った年月の思い出が次々に浮かんできた。

母が亡くなったとき、リズはまだ四歳だったが、陽気な父のおかげで、子供のころは笑いころげる毎日で、めったにめそめそすることはなかった。ホールデン家の三人姉妹に、日に焼けて背が高くハンサムなグラント・バタスビーも加わって、一緒に成長した。だが、当時、最も人目を引いたのは、とびぬけてきれいだった一番上の姉のパメラだった。

しかし、いまでも鮮明に記憶しているのは、十六歳になった年のことだ。それまでもグラントのことは英雄のように考えていたのだが、その年、突然のぼせあがってしまい、彼が現れると、骨までとろけそうになったのだ。とうもろこし色の髪を編んで、うしろに長くたらしたおてんばのリズが、そんな気持でいたことをもちろんグラントは知るはずもなかった。彼女としても、それがわかったら死んでしまいたいと思ったことだろう。

当時グラントは二十八歳で、外科医になろうと努力していたのだが、パメラの数多い男友達の一人でもあった。パメラは美しい盛りの二十四歳、まさに〝結婚適齢期〟だったが、夫とか子供を持つことを伝染病を避けるようにいやがって、父を嘆かせたものだ。ステイシーはパメラより二つ年下で同じように金髪だが、美しいというより、かわいい感じだった。もの静かで分別のある人柄が熱情的なスコットランド人、アンガス・マクロードの目を引き、結婚することになったのだ。アンガスは子供のころ南アフリカに移住し、独力でピーターズバーグにガソリンスタンドを経営するまでになっていた。

リズ自身は幼いころから負けん気で、十六歳のときにはほとんどもう手がつけられないほどだった。ときどところをかまわず毒舌を吐き、憎まれ口をたたく始末で、家族とも深刻に衝突することがしばしばだった。だが、グラントへの恋心だけは固く心の奥に秘めていて、荒馬でもそれを引き出せそうにはなかった。

その年のクリスマスのことをリズは忘れられない。トランスバール州北部は南半球だけに、すべてのものがひからびるほど暑く、お祝いの行事も汗みどろで、合間を縫って何度も川に泳ぎに行くほどだった。その日、ホールデン家のリバーサイド牧場には大勢の若い男女が集まっていたが、その中にはマイラ・キャベンディシュもいた。だれが彼女を招いたのかわからなかったが、みんな彼女がグラントに目をつけていることは知っていた。そしてその日、グラントは緑色の瞳をしたなまめかしいマイラの魅力の前に陥落したのだ。それも川の深みに沈むおもりのようにまっしぐらだった。マイラが簡単に勝利をおさめたのを見て、リズは病気になったほどだった。

それからというもの事情は一変した。マイラはモデルを続けるためにヨハネスバーグへ行き、グラントもすぐそのあとを追った。

あれから六年、リズは一度だけグラントに会ったきりだ。彼は両親が交通事故で亡くなって、葬式にハイリッジズ牧場に戻って来たのだった。しかし、それもつかの間のことだった。彼はすぐにヨハネスバーグへ帰って行ってしまった。一カ月後にはサム・ミューラー一家が管理人として牧場の屋敷に住み込んだ。グラントが帰って来たときのために、川沿いに小さなコテージが建てられたが、コテージはいつも空き家だった。グラントの両親が亡くなった二年後にステイシーはアンガスと結婚し、ピーターズバーグに新居を構えた。その後数カ月すると、パメラは美容アドバイザーとしての腕を磨くため、カナダへ旅立った。リズは文学教師の資格を取るために大学に入ったが、結局教職にはつかず、父のもとへ帰って、永年の夢であった童話の創作に熱中した。父はあきれ返って心配していたが、彼女の本は売れ、父の死後六カ月たったいまでは童話作家としての地位をすっかり固めていた。

グラントとマイラ・キャベンディシュの結婚の知らせがいつ届くかと、リズはずっとおそれていたが、そんな噂は聞こえてもこなかった。ところが四カ月前……結婚の絆でしばり合うことなく関係を続けてきた二人が、婚約を発表したのだ。父の突然の死に続くグラントの婚約、リズはすっかりうろたえた。しかし、生来の機敏さで、立ち直るのも早かった。それはそれ、と自分に言い聞かせていると、新たなショックが舞い込んできた。婚約発表から一カ月たったとき、グラントは事故にあい、脚と肋骨を折り、手もひどいけがを負ったというのだ。彼の外科医としての将来は疑わしくなってきた。その上、マイラときたら彼女の倍も年上の男性とヨーロッパに出かけてしまったのだ。

「かわいそうなグラント」リズはベッドを抜け出し、シャワーを浴びにバスルームに向かいながら、近所づき合いのあいさつをかねて彼を慰めに行こうと思い立った。

リズがグラントを訪ねたのはその日の午後になってからだった。リバーサイド牧場とハイリッジズ牧場の境にある門まで、踏みならした小道を自転車に乗って走りながら、彼女はいつになく神経質になっていた。かつて幸せだったころ、グラントとホールデン三姉妹がよく出入りした門は鎖がかけられ、〝入るべからず!〟と言わんばかりに、しっかり鍵もかかっていた。

リズは自転車をそばの木に立てかけると、張ってある金網を頼りに門を乗り越えようとした。またいでとび降りようとしたとき、十歩と離れていない古い木のそばでなにか動く気配を感じた。

グラントだった！　かつてのように、彼女の胸はきゅっと締めつけられた。彼は松葉づえに頼り広い肩を落とし、黒い頭をたれ痛々しげなようすだった。離れているコテージから歩いてきたので、疲れているらしい。

グラントはなにか考えごとをしていて、リズの姿には気がつかなかったようだ。彼女は門にまたがったまま、ちょっとハスキーな温かい声で呼びかけた。

「グラント、お帰りなさい」

彼はすぐ振り向いた。鉄のような灰色のその目を見て、リズが口もとに浮かべたほほ笑みは凍りついてしまった。彼の目には敵意があったからだ。黒髪はこめかみにかかるあたりに白髪がまじり、顔は縫い合わせたのか、ほおからあごにかけて引きつっている。三十四歳の実際の年齢よりも十歳は老けて見え、彫りの深い、ときには肉感的でさえあった唇を不快そうに薄く閉じていた。

グラントも、色あせたブルージーンズと白いコットンのシャツというリズの細いボーイッシュな姿をじっと見つめていた。だが、シャツの上からうかがえる小さい胸のふくらみや、うなじのあたりで黄色の細いリボンを結んでいるとうもろこし色の髪には、むしろ女らしさが感じられた。

「なんの用だい？」彼の低く響きのよい声には、かつてはなかったとげとげしさがあった。

「ただ〝こんにちは〟と言いに来ただけよ」

「じゃ、こんにちは……そして、さよならだ」

失礼な応対にリズはびっくりし、褐色というより金色がかった瞳をくもらせた。「おあいそもないのね？」

「家に帰って、人形とでも遊ぶんだね」

「わたしはもう二十二歳よ。この年になって、人形と遊ぶ人はいないわ」彼女は微笑をかくそうとして口もとをゆがめたが、目ははっきり相手をからかっていた。

「そりゃあそうだ。代わりに、男を手玉に取って、かわいい指にまとわりつかせ、何人振り落とすか競争している」

「わたしは男の人を手玉に取ろうとは思わないわ。でも男の人は……わたしといると、落ち着かないらしいの」リズの瞳はまだグラントを茶化そうとしていた。

グラントの表情がなごむ気配はみじんもない。彼はつえをリズに向けて、いら立たしそうに言った。

「いつまでそんなところにまたがっているんだ?」

「そのつえでぶったりしないと約束してくだされば、下りるわ」

「囲いがあるから、ぶったりはできないね」

「じゃあ、そっちに下りちゃ、いけないってこと?」

「そのとおり」

こんなに粗野で敵意に満ちた男性は、リズの知っているグラントではなかった。彼がこれほどまでに変わったとは信じられないし、信じようとも思わなかった。

「あなたはそんなに薄情な人じゃなかったわ。思い出すけど……」

「それは昔の話だ」

「なんとかキャベンディシュという女の人に引っかかって、ばかをみる前の話ね」リズは鋭く言い返して、しまったと思った。彼の顔が怒りでゆがんだ。

グラントの目は氷のかけらのように冷たく、声も北極の寒風のように厳しかった。「そこから下りるんだ。念のために言っておくが、今後ぼくの敷地に立ち入るんじゃない！」

グラントはそのままうしろも見ずに、足を引き引き歩いて行った。そのうしろ姿をリズは痛ましそうに見つめていたが、すぐに下に下り、震える足で自転車のところへ戻った。

いま来た小道をペダルを踏んで引き返しながら、リズは困惑していた。友情のつもりだった彼女の訪問は誤解されてしまったのだ。もちろん、マイラ・キャベンディシュにたいする彼の気持をからかう権利は、彼女にはなかった。それで、しっぺ返しにあい、ハイリッジズ牧場から締め出されてしまったのだ。

夕方ステイシーから電語がかかってきたとき、グラントと会った話をすると、彼女はたしなめるように大きな声を出した。「いつになったら減らず口がやめられるの、リズ。謝りのお手紙を出さないといけないわ」

「それより、あすの午後訪ねて謝ってくるわ」

「痛いところを突かれないよう、注意するのね」

「危険は覚悟よ」リズは頑固だ。

「あなたはどうしてそうトラブルを求めたがるのか、わたしにはわからない。彼はほうっておいてほしいのよ、きっと」

「ステイシー、あの人は助けが必要なの」

「そんなばかな！　グラントはいつも自信満々だったわ。わたしがあなただったら、彼を一人にしてすべて自分で解決させるのに」

ステイシーの忠告はいつも的を射ているのだが、リズも今度だけは無視することにした。次の日の午後、彼女はまた自転車で出かけ、有刺鉄線の柵を越えて、川沿いにグラントのコテージへ向かった。

二月の午後は暑く、自転車をこいだあとだけに、いっそう汗ばんだ。ハンカチを川の水に浸して顔を拭くと、冷たくて気持がよかった。

ふと気がつくと、グラントがゆっくり足を引きずりながら近づいて来た。「グラント」と思わず口に出して、リズはじっと立ったまま待っていた。彼はベージュ色のデニムのズボンとグリーンのオープンシャツを着ていた。相変わらず背が高く筋肉質の体つきだが、体重はかなり減っていた。それでもバイタリティは昔のままのようだ。

「言ったはずだぜ……」

「謝りに来たんです。とっくに減らず口は慎むようになっていなくてはいけないんですけど、許してくださる？」

グラントはすぐには答えなかったが、あごの筋肉が引きつっていた。「帰るんだね、リズ」

「わたしの名前をまだ覚えていらっしゃるのね？」彼女はじゃけんに扱われようとひるまずにお茶目な笑顔を向けた。

「きみは変わっていない。子供のころから手に負えなかったが、そのまま成長したみたいだ」

「わたし、〝ホールデン家の厄介者、恐怖の的〟でしたものね」

「覚えているのかい？」グラントはびっくりして、かすかにまゆをあげた。

「あなたがおっしゃったことは全部覚えているわ。わたしがあなたに夢中だったこと、ご存じなかった？　正確に言うと、十六歳のときだったけど」

リズの正直な告白は予期した効果をあげ、グラントの目からは冷ややかさが消えて、いじめっ子がおもしろがっているような輝きが戻ってきた。「願わくば、そんなおセンチはもう卒業していてほしいね？」

「もちろんよ。裏のりんご園であなたがパメラにキスしているのを見たとき、わたしの魅惑の王子さまは色あせて、地に落ちたわ」

彼は口もとをゆがめたが表情は変えず、シニカルに応じた。「その後、もっと自分にふさわしい魅惑の王子を見つけたんだろうね」

「実を言うと、王子さまなんて探しもしなかったの」リズは肩をすくめて川の方へ目をそらした。だが、グラントが黙っているので振り返ると、彼の顔色は青ざめ、右脚を手でさすっていた。その手に土色の傷があるのに、彼女は初めて気づいた。「痛むの？」

「ほっといてくれ！」

「そんなにいらいらしないで！」リズもやり返した。

「きみに心配なんかしてもらいたくない」

「わたしが心配しているのは自分のためよ。あなたが倒れたら、わたしはおうちまで運び込むこともできないでしょう？」リズは同情のかけらもない声で言った。

「ぼくは座るよ」グラントがついに弱音を吐いた。

「ここがいいわ」彼女は柳の木陰を指さしたが、彼が不器用に草の上に腰を下ろすのを、手助けもせずに見ているのは、かえって気苦労だった。

リズは少し離れて腰を下ろし、彼が錠剤を一粒口の中にほうり込み、仰向けに横たわるのを、でしゃばらないように観察していた。グラントの外科医としての将来はなくなった、という噂はほんとうだろうか？　手には確かに傷があるが、きのうつえを振り回していたところをみると、それほど自由を失っているとは思えない。だが、きいてはならなかった。

「きょうはいつもと違って静かだね」グラントが言った。

「あなたがお話をする気分じゃない、と思ったから」

「ほんとを言うと、そのとおりだ」

「じゃ、お話はしなくてもいいの」

リズはひざを抱いてあごをのせ、ハイリッジズとリバーサイド牧場を縫う川の流れに目をやった。子供のころ二人はよくその川で水浴びをしたものだが、彼女の肌がきれいに日焼けしているのは、彼女がいまもその習慣を続けている証拠だ。

小鳥の鳴き声とグラントのゆっくりした寝息のそばで、リズは長いこともの思いに耽(ひた)っていた。さっき飲んだ錠剤が効いたのだろう、彼は寝込んでいた。どんなわけがあろうと、起こしたくはなかった。眠っている彼は、十六歳の彼女が恋した彼のようで、こめかみのあたりに白髪がなければ、マイラ・キャベンディシュが現れる前の、幸せでのんきな時代に戻ったかのようだ。マイラはその魅力でリズ達から彼を奪い、六年後のいま、落ち込んでいじけた人間にして追い返したのだ。

リズは胸がいっぱいになりのどを詰まらせたが、むりにのみ込んで、グラントの寝姿から目をそらした。空には雲が出て、夜までには雨になりそうだ。乾いてひからびた土地には良いお湿りになるだろう。

彼女は大きくため息をついた。

「ぼくは眠っていたのかい？」その声で、リズはグラントがそばにいたのに気づき、はっとした。

「そうよ」と答えて、彼女はまた空を見あげた。「わたし、帰らなくちゃ」

「きみのお父さんが、どうしたのかと……」

「父は六カ月前に亡くなったわ」リズはジーンズについた枯れ葉を払いながら立ちあがった。

「知らなかった……それはどうも」グラントもどうにか立ちあがった。

「リバーサイド牧場は売り払ったんだけど、新しい所有主が親切な方で、今月末まではわたしに家を使ってもいいっておっしゃるの。でも、もう二週間足らずしかないし、なにを競売に出して、なにを残しておいたらいいのか、ほんとに困ってしまう」

グラントはたばこを出して、火をつけた。「それで、きみはどこへ行くの？」

「しばらくはピーターズバーグのステイシーとアンガスのところにいるつもりよ。これからどうするか決めるまで、いてもいいって言ってくれるの」

グラントは黙っていたが、やがて空を見あげた。

「嵐(あらし)になりそうだね」

いろんな意味でね、とリズは心の奥ではひとひねりしたが、口にした言葉はまるで関係なかった。

「まだ牧場の家にいるうちにいらっしゃれば、歓迎するわ」

「ありがとう」

「でも、いらっしゃらないわね？　古い友達を訪ねるより、閉じこもっているほうがお好きなようだから」

また余計なことを言ってしまった、と彼女は唇をかんだ。

「もう帰ったほうがいいよ、リズ。そうしないと、雨につかまるかもしれない」

グラントの口調はていねいだったが、どこかとげとげしかった。リズは、ごめんなさいと言いたくて手を動かしたが、その言葉を口に出すことはできなかった。あわてて彼女は自転車の方へ急いだ。彼の視線を背中に感じ、柵を越え大車輪でペダルを踏みながら、背筋までぞくぞくさせていた。

それからの二週間はとても忙しく、リズはグラントのことを考える余裕はほとんどなかった。しかし、夕方になって、取り散らかした自分の家の真ん中に座り、孤独でみじめな気持になると、彼はいったい訪ねて来るのだろうか、と考えることもあった。こんな状態ではもてなしもできないもの、来ないほうがいいのよ、と思ったりもした。

家具類の競売の日はまた雨だった。それでも、競売人は、人は集まる、と自信満々だった。そしてそのとおりになった。大きな広い家が満員になり、陽気な競売人と一緒に、お客を部屋から部屋へと案内して歩くのは大変だった。すっかりくたびれ、リズは汗ばんだ人達の間を縫って、オランダ風の縁側に出、新鮮な空気を吸った。かすり傷がいくつかできるくらいですんだのはむしろ幸いだった。

それから長い二時間がたち、すべてが終わった。車寄せがからっぽになり、リズが静かになった家に入ると、家具類はどれも売約済みの札が貼られ、張り渡した床板は足跡で泥にまみれていた。見慣れた家具や調度に囲まれ、この古い家でやすむのは、今夜が最後になるのだ。あすの朝になれば、彼女はわずかな持ち物と一緒にピーターズバーグのステイシーの家に越して行く。

リズの目は涙でうるんできた。しかし、泣いてる場合ではない、しなければならないことが山ほどあるのだ。彼女はそう自分に言い聞かせたが、神経が高ぶって、みぞおちが痛まないように、濃い紅茶を飲むことにした。

その晩、リズは眠りが浅く、夜明け前にはもう目をさましていた。七時すぎには最初のトラックが着き、運搬を始めた。お昼には彼女も父の古いステーションワゴンを満載にして、リバーサイド牧場をあとにした。午後にはもう一度残したものを引き取りに来なければならない。

一時間後にはワゴンはステイシーの家の車寄せに着いていた。ステイシーは若い庭師に言いつけて、荷物を降ろすのを手伝わせた。

「さあ、外は暑いから、家の中に入りましょう。あなた、疲れているでしょう」ステイシーはリズの腕を取って、広くモダンで涼しい家の中へ案内した。

リズはステイシーの羊のような褐色の目を見返した。「あなただって疲れているんじゃない、ステイシー」

ステイシーは椅子にかけ、天井に目を向けた。

「アンガスが言うんだけど、男の赤ちゃんはおなかの中でだんだん手に負えなくなるんですって」

「男の子だと決めているみたいね」リズも腰を下ろしたが、初めて体の節々が痛むのを覚えた。

「アンガスは男の子だと思っているの。だけど、わたしは、元気な赤ちゃんが早く生まれてくれさえすれば、どっちでもかまわないわ」

「もうそう長くはないと思うわ」

ステイシーは大きなおなかをたたいて笑った。

「ダーリン、こんな状態だと、一週間でも一年ぐらいに長く感じるものなのよ！」ステイシーは、そう言うとすぐまじめな顔に戻った。「ごめんなさいね、リズ。家の整理をなにもかもあなた一人に押しつけてしまって」

「仕方がないでしょう」リズはその話はさっと片づけた。

リバーサイド牧場の売却は二人にとって好ましい話題ではなかった。ステイシーもほかへ話をそらした。

「最近グラントに会って？」

「わたしの失言を謝りに行ってから、グラントには会ってないわ。彼は変わってしまったの、ステイシー」リズはスカートのひだをいじりながらまゆをひそめた。

「どんなふうに？」

「実際よりずっと老けて見えるだけではなくて……ひどく気むずかしくて、なんだかシニカルなの」

「彼のような目にあったら、あなただってそうならないこと？」

「それはそうかもしれないけど、でも……」リズはカバーをした椅子のひじにこぶしを打ちつけた。

「冗談じゃないわ、ステイシー、あれで彼の人生が終わりになったわけじゃないでしょう」

「それを直接彼に言ってあげたら」

「そうするつもりよ」

軽い昼食のあと、リズは残した荷物を取りにリバーサイド牧場に行き、その帰りにグラントのコテージに寄った。

コテージは川から少し離れた柳とアカシアの木々の間にあり、しっくいの壁とタイル張りの屋根でこぎれいに見えた。光沢のある白いジャガーがとめてある。リズはどきどきしながら、ステーションワゴンを降り、玄関に近づいた。ためらいがちにドアをノックしたが返事がない。ノブを回すと、ドアは簡単に開いた。しばらくぐずぐずしていたが、彼女は中へ入って行った。

家の中はさんざんの散らかしようだった。家具にはほこりがたまり、たばこの匂(にお)いがつんとした。小さなキッチンの流しには汚れた食器があふれている。彼女は本能的に、なんとかしなければ、という気持に突き動かされていた。

「まず、どこからか手をつけなくては」リズは、ひとり言を言うと、流しに水を張り、窓辺にあった液体洗剤を取って食器の山を洗い始めた。

一時間たっても、グラントはまだ姿を見せなかったが、キッチンは片づき、せまい居間もほこりが払われ、吸がらのたまった灰皿もきれいになった。こんな形でグラントのプライバシーを侵したことに、リズはうしろめたい感じもしたが、取り散らかしたまま引き返したら、もっと自分を責めていただろう。サム・ミューラーが自分の家の召し使いをよこして、少しは片づけさせたらいいのに、とも思うのだが、グラントと管理人がどんな取り決めをしているかは、彼女が口出しをすることではなかった。

リズは戸棚にほうきを見つけ、キッチンの床を掃いた。しかし、いつまでもグラントを待っているわけにもゆかない。彼女はメモを残しておくことにし、文章を考えていると、うしろで物音がした。

グラントがキッチンのドアを背に立っていた。大柄なためドアが小さく見える。ひと目で、彼が不機嫌なことがわかった。鋼鉄のような灰色の目が冷たく刺すようにリズの頭から足先までじろりと眺めた。彼女は次に来るものを予期して、体を硬くした。

2

「どうやって中に入ったんだ？」グラントの厳しい声が静かなキッチンに響きわたった。

「ドアは開いていたわ」内心はびくびくしながらも、リズは静かに答えた。

「これからはちゃんと鍵をかけとかなきゃならないな。それにしても、なぜこんなところにいるんだ？」彼は足を引き引きテーブルに近づくと、どたりと寄りかかった。

「家に残したものを取りに来て、ついでに寄ってみただけよ」

「だれもいなかったら、どうしてそのまま帰らない？」

「そうしようと思ったけど、片づけてあげれば、あなたも助かるのじゃないかと」

「慈善事業をしたってわけだ」

皮肉が胸にこたえたが、リズは彼の刺すような視線を避けはしなかった。「そう言われても、否定はできないわ」

「このへんでお引き取り願いたいね」

そんなことをあからさまに言われたら、ほかの女性ならたちまち逃げ出しただろう。しかし彼女は食器棚に寄りかかり、逆にじっとグラントを観察した。

「ほんとに意地悪になったのね、あなたって？」

「ぼくは一人で静かにしていたいから、ここに帰って来たんだ」彼は背を伸ばし、リズの方へ覆いかぶさるようにしながら、言い放った。

「傷ついた動物がねぐらに戻って傷をなめるように、自分自身を慰めて過ごしたいのね？」

「もういい！」

リズは腹を立て、なにを言われても、もうかまってはいなかった。「真実は胸にこたえるっていうけど、あなたも真実から逃げ出さないで、立ち向かってもいいころじゃなくって？」

「出て行ってくれ！」

「あなたにはがっかりしたわ、グラント」リズはおだやかに言って、ハンドバッグを肩にかけた。「あなたは分別のある意志の強い人だといつも尊敬していたけど……わたし、間違っていたのね」

その言葉が相手にどれほど効果を与えたのか、あるいは、まるで効果はなかったのか、さっぱりわからなかったが、リズはつんと顔をそらして、外へ出た。地獄に落ちるといいわ！　彼女は唇を固く結び、ワゴンに乗り込むと、大きな音をさせてドアを閉めた。一人でいたいと言うのなら、二度ともう訪ねてあげたりしないから！　どうしてわたしがかまってあげなきゃならないの？

その日の夕方、リズは怒りがおさまると、自分自身が恥ずかしく思えてきた。グラントにはなにか言い聞かせる必要があったとしても、なぜわたしがそれを言わなければならなかったのだろう？　わたしは彼を傷つけたいとは思わない、しかし、彼が世捨て人みたいに閉じこもっているのを、見すごすことができるだろうか？

「どうしたの？　ずっと静かだけど」夕食のあとコーヒーになったときに、アンガスがきいた。

　ステイシーがけだるそうに金髪を指でまさぐりながら、まぜっ返した。「賭けてもいいけど、グラント・バタスビーのことでしょう、きっと？」

　アンガスがいら立たしそうに顔をしかめた。「まったく、あの男ときたら、ばかみたいにキャベンディシュの娘を追いかけたんだからね。ところが、あの事故で彼の外科医としての将来性がなくなるとわかると、その彼女は本性を現して、手の裏を返したようにすげないときた」

　リズは飲みかけのコーヒーカップに目を落としていたが、自分の手が震えているのに気づいてはっとした。

「彼はもうメスは握れないのかしら？」

「さあね、ぼくたちのことだって、将来はなんにもわからないよ。しかし、ドクター・バタスビーのことがどうしてそんなに気にかかるの？」アンガスがにやりとしてきいた。

「かつての彼といまの彼があまりに違いすぎるんですもの、気にしないわけにはゆかないわ」

　ステイシーが口をはさんだ。「まさか、まだ彼のことを好きなわけじゃないんでしょう？」リズがびっくりした顔をしたので、彼女はあわててつけ加えた。「わたしもあのころ恋をして苦しんでいたから、グラントと一緒にいるときのあなたの態度で、わかっていたの」

「やめて！　お願い……」リズは赤くなった。

「だけど、あのころはだれも想像もしていなかったわね。グラントがこっちにいる間に会うことがあるかもしれないけど、内緒にしとくわね」

「どっちでも。自分でもう話したから」

「なんですって？」ステイシーはびっくりしたが、アンガスは大声で笑った。

「うそをついている、とグラントに思わせるような言い方だったんだろうな、きっと」アンガスの勘はさすがだった。彼の笑い声につられて、みんなもくすくすと笑った。

　それをしおにリズはだいぶ気持が軽くなったが、その晩はなかなかベッドに入る気分にはなれなかった。そこへ軽くノックする音が聞こえ、ステイシーが入って来た。

「疲れているとは思うけど、少しまじめなお話があるの」

「昔に戻ったみたいね。なあに？」二人はベッドに並んでかけた。リズは額にかかった肩までの長さの髪をうしろに払いのけた。

「グラントにはかまわないほうがいいわ。あなたが考えているより、わたしは彼のことがわかっているの。かかわりができると、あなたが傷つくことになるわ」

「どうしてそんなことを言うの？」リズは用心深かった。

「間違っているかもしれないけど、あなたはまだ彼に気持が残っていると思うの。それに……」ステイシーは妹の手を握った。「お願いだから、わたしの言うことを聞いて。傷つくのはあなたよ。彼のことはマイラ・キャベンディシュみたいな、冷たいところのある女性に任せたほうがいいわ。彼の扱い方を知っているもの。あなたは生意気な口はきくけど、心は温かい人なのですもの。グラントみたいに、女性に心を許すことを知らない男性とかかわってしまったら、苦しむだけよ」

ステイシーは入って来たときと同じように静かに出て行った。リズはそのまま枕に寄りかかった。なぜか心にしこりが残る。ステイシーの説得はもっともだが、胸のうちに大事に秘めてきたグラントのことだけに、聞いていて楽しくはなかった。しかし、グラントとマイラの間に愛がなかったのだとしたら、あの二人をあれほど長く結びつけていたのは、なんだったのだろう？　彼がいらいらしているのは、ほんとうに、マイラに振られて心が深く傷ついたせいなのかしら？

長い一日でリズは疲れ、もうなにも考えることができなかった。明かりを消し、眠りについた。

数日後ステイシーは産院に入院し、その次の朝、徹夜でつきそっていたアンガスが、髪を乱し、ひげもそらずにとんで帰った。

「かわいい女の子だよ！　母親にそっくり」

「男の子だと思っていたのじゃなかったの」リズは軽くからかった。

アンガスは少し赤くなって笑った。「またってことがあるさ」

「とにかく、おめでとう」リズは彼のひげだらけのほおにキスし、彼に力強く抱き締められても文句は言えなかった。「いつ会えるのかしら？」

「もちろん、きょうの午後には会えるさ。ぼくが連れて行ってあげる」

アンガスは調子よく口笛を吹きながら二階へあがって行った。まるで少年のまま大きくなったみたい、リズはそう思って口もとをほころばせた。そうした純情なところがホールデン家のみんなに抵抗なく受け入れられたのだ。

ステイシーの赤ちゃんはアンガスの言ったとおり、母親そっくりで、かわいかった。

「ロザリーって名前にしようと思うの」ステイシーは上気してそう言うと、今度は夫のことを心配した。「入院している間、うちのけだものの食事、お願いね」

リズは声を立てて笑った。「いいわよ」

リズは産院に長くはいなかった。幸せの繭にくるまれたようなアンガス一家の時間を邪魔したくなかったからだ。彼女は自分の生活になにかが欠けているような気がして、ステイシー達がうらやましかった。だが、結婚となると、彼以外には……。

そんな妄想を払い捨て、彼女はあちこち回って買い物をした。アンガスは食欲旺盛(おうせい)だったし、ことにその夜は出産のお祝いにごちそうを作ることにしたのだ。

帰り道を歩いていると、白いジャガーがすっととまりドアが開いたので、リズは荷物を落としそうになった。「乗らないか」グラントの声だった。

一瞬ためらったが、彼女はすぐ乗り込んだ。

「どこか静かに話せるところはないかな？」彼は気むずかしげだ。

「わたしのところはどう？　だれもいないわ」

グラントは場所をきき、車を走らせた。家に着いたが、彼は中に入るのは断った。リズは買い物袋をいったん家の中に置いて、庭の木陰のベンチで待っている彼のそばへ戻った。

「リズ……」グラントはまゆを寄せ、手にしたたばこに目を落としたまま言いかけた。彼女はすぐさえぎった。

「謝るつもりなら、それはやめて。ひどいことを言って謝らなければならないのは、わたしのほうですもの」

そう言ってしまうと、リズは胸のつかえが下りたような気がした。

「恐怖のリズだからね？」一転、からかっている。

彼女は赤くなった。「わたしの口の悪いのは直りそうもなくて」

グラントは短く声を立てて笑った。「一つだけ言いたいことがあるんだ。きみは正直だから、きみがどんな気持でいるか、だれも誤解したことはない。ぼくがパメラとおかしくなりかけたとき、きみはぼくをからかったし、マイラのときは、ばかにさえした」彼は口もとをゆがめた。「パメラが相手では、ぼくのほうが少し傷つくかもしれない、ときみは言ったが、マイラのときは、ぼくは心を引き裂かれ、めちゃめちゃになってしまう、と言った」

「わたしの予想どおりだったの？」彼の表情が硬くなったので、リズはあわててつけ加えた。「答えてくださらなくてもいいの」

「きみの言ったとおりになった」苦々しそうだ。

「お気の毒に」

「ほんとかい？」

「わたしの予想どおりでしょう、なんて口にするのは、はしたないことだし、ことにだれかが心を痛めているときに、そんなことを言うのはいけないことよ」彼女のまじめな顔を、グラントはじっと見つめた。

「またハイリッジズのぼくのところへ遊びに来てくれるかい？」

リズの手はひざの上でそわそわしていたが、彼女はその手をぎゅっと握り締めると、少しからかうようにグラントを横目で見た。「それはご招待、それとも挑戦？」

「両方だね」

「ご招待ならお断りだけど、挑戦でしたら受けないわけにはゆかないわね」

彼はかすかにほほ笑み、たばこを捨てると、高価な靴で踏みつけた。「きみは変わった子だね」

「もう子供じゃないわ。二十二よ」

「きみが幼かったころのことをはっきり覚えているから、結婚適齢期の女性だとはとても思えない」リズは冗談っぽくため息をついた。「家族やお友達はみんなそう。成長しているのを認めようとしないんだから」

グラントが顔を近づけてきた。彼の目のまわりのしわがよく見え、コロンが麝香(じゃこう)のように匂(にお)った。「ぼくはきみの友達かい、リズ?」その低い声の響きも重なって、彼女は妙な気分だった。

「過去には意見の合わないこともあったけど、いまでもお友達だと思っているわ」

グラントは彼女のほおからあごを指でそっと撫(な)でた。その感触を火のように感じて、彼女はのどが引きつり取り乱した。逃げ出したかったが、なんとかとどまっていた。

「きみがひまなときは、いつでもハイリッジズ牧場に歓迎するよ」そう言って彼は帰って行った。

リズは気持が高揚してもいいはずなのに、むしろ困惑し神経質になっていた。〝グラントにはかまわないほうがいい。彼はマイラみたいな女性に任せるの。グラントのように、女性に心を許すことを知らない男性とかかわったら、傷つくだけよ〟というステイシーの忠告を思い出したからだ。

リズは夕食の支度にかかったが、〝グラントにかかわっちゃいけない!〟という言葉がひっきりなしに耳にこだましていた。

しかし、もう遅かった。すでにかかわってしまったのだ。彼の誘いを受けたことは、南京錠(なんきんじょう)をかけて鍵を投げ捨て、自分の運命を定めたようなものだ。そう思うと、内心はこわかったが、リズは臆病(おくびょう)ではなかった。どんなことになっても、うまく処理できる自信はあった。

一週間後にハイリッジズまでドライブする機会が訪れた。リズがそう言うと、ステイシーは顔をくもらせ、ホールまでついて来た。「なにをしようとしているのか、わかっているんでしょうね」

「危険かもしれないことはわかっているわ。当然用心はするつもりよ」

「用心するだけでは十分じゃないわ。グラントの相手をするには、心に防弾チョッキを着けていないと、あぶないくらいよ」

「ステイシーも彼に夢中になったことがあるみたいな言い方ね」リズは冗談めかして言った。

「わたしは目が見えないわけでも、鈍感でもないのよ」ステイシーはむきになって続けた。「彼はとても魅力的だし、たくましいわ。どんな女性だって、いっぺんになぎ倒されてしまうんだから」

「彼がこっちに帰って来てから、あなたはまだ会っていないでしょう？」

「会ってはいないけど……」

「やせて、十歳も老けて見えるのよ。つえをついて歩いているし、手もひどくけがをしているわ。どれほどひどいのか、ほんとのところまだわたしにはわからないけど、そのうち確かめてみるつもり」

「彼を気の毒に思っているのね」

「お気の毒さまとか、失礼とかは、だれかに偶然ぶつかったときに、反射的に口にする言葉でしょう。わたしの場合は〝同情〟を感じているの。もっと温かくて深いおもいやりなの」

「まあ、リズったら！」

「がっかりしないでね、ステイシー。まだへまをしたわけじゃないんだから」リズはおかしそうに笑った。

ハイリッジズまでは三十分とかからなかった。コテージは窓を閉じ、カーテンを下ろして、留守のようだ。ジャガーがとめてなければ、リズは帰ってしまうところだった。

この前のことがあるので、彼女はぴりぴりしていたが、今度は小さな庭の芝生や花床のようすにも気づいていた。一本の木の陰には椅子とテーブルが置いてあり、ちょっと離れたところでは、すずめが何羽か水にたわむれている。風もなく暑い日だったが、静かで平和な風景に、彼女の緊張も和らいだ。

グラントは散歩に出ているのだろうと思っていたのだが、ノックをすると、しばらくしてドアが開いた。彼の険しい顔に、リズはどきりとした。

「リズ！」グラントはびっくりしたような声をあげたが、表情はいくらかなごんできた。しかし、どうしようかと決めかねているように、鋼鉄のような灰色の目で彼女の頭から足の先までじろじろ見つめていた。

「入ってもいいかしら、それとも玄関に立ちっぱなし？」部屋にはたばこの煙がこもっているようだ。

「木陰のほうがいいだろう」

「わけはきく必要もありませんわね」リズは意味ありげに笑った。「どうしてサム・ミューラーに頼んで、だれかにお掃除をさせないの？」

「うろうろされるのがいやなんだ」

「お食事はどうしていらっしゃるの？」木の椅子に少し離れて座りながら、リズはきいた。

「食器棚に缶詰がいっぱい買い込んである」

彼女はあからさまにグラントのようすを点検した。ほおはこけ、ブルーのシャツは肩のあたりがしわくちゃだ。「ハンガーにかけるみたいにシャツを着ていらっしゃるのも、不思議はないわ！」

「そんなにひどいかい？」

「男の虚栄そのままって感じ」リズは軽く笑い声を立てた。

「いい意味でかい、それとも悪い意味で言ってるのかな？」グラントの目が輝いてきた。

「いまはいいけど、それがすぎると、ひどいことになってしまうわ」

「どうすれば直るでしょうか、ホールデン先生?」

グラントはふざけた。

「あら、直そうと思えば、ちっともつらいことではありませんわ。バタスビー先生。室内でも室外でも新鮮な空気を吸って、一日に一度はきちんと食事をとること。それに、ほこりとニコチンをもう少し吸わないようにすることですわね」

グラントは口もとをゆがめたが、表情はまじめだった。「処方はもっともだけど、だれが面倒をみてくれるのだろう?」

「それが問題ね」

「きみはどう?」

「わたしでもいいけど」リズはちらっと目にユーモラスな表情をのぞかせて彼を見た。「厳密に職業上の範囲を越えないという条件でしたらね」

「もちろんだよ」グラントはまじめに応じたが、その目がからかっているようだったので、彼女は赤くなった。

「じゃ、そうしましょう」

「それでいいの?」

「そうじゃないと言うの?」リズは目をそらさなかった。

今度は彼が目をそらし、たばこに火をつけてから答えた。「大変親切な申し出だし、受けたいのはやまやまなんだが……」

「世間の噂(うわさ)が心配だなんて言わないで」

「きみはかまわないの?」

「ちっとも」リズは即座にそう答えたが、ステイシーがなんと言うかはわかっていた。

「きみの評判が……」

「わたしの評判がどうなろうと、良心に恥じることがなければ、かまわない。わたしは良心に恥じていませんから、心配はしないわ」

「きみの論理には驚くね」グラントはたばこの煙を

二本、鼻から吐き出した。

「ご立派なグラント・バタスビー先生が驚くなんてこと、なんにもないはずよ」リズがまじめくさってそう告げると、彼はかぶりを振り、手にしたたばこの先をじっと見つめた。

「〝立派〟とか〝先生〟とか言われても、いまじゃお世辞にしか聞こえないね」

リズはきゅっと胸が痛んだが、それでも同情は見せず、平然と言った。「あなたが運命論者だとはちっとも知らなかったわ」

「時間が過ぎ、状況が変われば、人間も変わるものだよ」

「ある程度はそうかもしれないけど、あなたみたいに健全な精神の持ち主が、手をこまねいて〝天地が目の前でひっくり返ろうと、ぼくはちっとも関係ない〟と言うことはないはずよ」

グラントは短く笑って、いじけたように小さくつぶやいた。「医師としてぼくはもう見込みがないという現実と、どう闘っていくんだ」耳ざとくリズはその言葉を聞き逃さなかった。

「だれがそんなことを言ったの？」

「だれに言われなくても、わかってるさ。ぼくは外科医だし、けがの程度も、後遺症についても、自分でわかっているんだ」

「じゃあ、ご自分で決め込んでいらっしゃるだけじゃないの？」

「リズ、もうほっといてくれないか！」グラントは怒りと苦しみのたぎった瞳を彼女に向けた。「メスはおろか、ディナーナイフも満足に使えないんだぜ！」

「いまはそうかもしれない。でも訓練をすればどうなるか、だれにもわからないはずよ」リズはおそれずやり返した。

グラントはたばこの吸いがらを地面にたたきつけ、

やけになって踏みつぶした。「話題を変えよう」

「そうね」リズは素直に応じ、最初に思い浮かんだことを口にした。「まだお話ししてなかったけど、あなたに家まで送ってもらった日に、ステイシーに女の赤ちゃんが生まれたの。ロザリーという名前をつけたわ」

「よかったね」彼はにべもなく言った。

「苦虫をかみつぶしたような顔はやめて。ハンサムが台無しだわ。それに、わたしが叔母になったことに、もっと興味を示してもいいはずよ」

グラントは大きくため息をつき、またたばこに火をつけた。「ロザリーは……かわいい赤ちゃんだと思うよ。だけど、きみのような叔母さんを持つと、将来どうなるか……。かわいそうなロザリーだ」

「よくもそんなことが友達に言えるものね」リズは笑いながら反発した。

「きみが子供のころやったいたずらを、ロザリーに教えたら、ステイシーとアンガスは脳溢血で倒れてしまうよ」

「木登りとか、そのほかいろんなことをたきつけようとは思ってません」

「木登りもそうだけど、こわいのは〝そのほかのいろんなこと〟のほうだよ」

「わたし、そんなにひどかったのかしら?」

「きみがターザンのまねをして、柳の枝が折れたときのことを考えると、きみがまだ五体満足なのは不思議だよ。きみは闘牛士になると言い張ったこともあったね? 優勝したきみのお父さんの牡牛をかんかんにおこらせたものだから、きみは柵の向こうに吹きとばされてしまった」

「鎖骨を折ったわ」

「首の骨が折れてもいいところだった」

「わたしってはね返りなのね」リズはいたずらっぽく笑った。

「それは間違いない」

「のどが渇いたんだけど、紅茶かなにかくださらない?」

「冷蔵庫に冷たいビールが入ってるよ」

「とんでもない!」リズはおどけてみせた。

「なら、食器棚に紅茶の袋がある。しかし、カップはどれも汚れているんじゃないかな」グラントは少し弱気になっていた。

〝それはわかっているけど〟と彼女は思ったが、口には出さなかった。「だめだと言われる前に、わたしが急いで紅茶をいれてきたら、あなたも召しあがる?」リズはあわててきいた。

「冷たいビールがだめなら、やむを得ないね」

「やっと、ものわかりがよくなってきたわ」リズは笑いながら立ちあがった。

カーテンが引かれていたので、コテージの中は暗く陰気だった。キッチンは相変わらずで、汚れたカップやお皿やナイフ、フォークの類が戸棚や流しに雑然としていた。紅茶の袋は戸棚の奥に突っ込んであった。すばやくお湯をわかし、食器類を洗ったが、あとは次の日に片づけることにして、紅茶の用意をした。

お盆にのせて庭まで運び、グラントの前で紅茶をいれた。そのようすをじっと見つめられているのはわかっていたが、リズは気にしなかった。

「なぜリバーサイド牧場を売り払ったの? 売らざるを得なかったのか、それとも、牧場経営に興味がないためなのか、そのどっちだい?」

「どっちもいくらかずつ当たっているわ」リズはティーカップをお盆に戻した。「父は二年続きのひどいかんばつと闘う気力も方法もなくて、このところずっと経営は思わしくなかったの。牛はつぎつぎに死んでいったし、残りも肉牛にはならなくて」

「そこで売ることにしたわけか」

グラントの言い方に非難するような響きがあったので、リズは弁解に回っていた。「どうしたらいいのか、ほんとに迷ったわ。でも、リバーサイドをもう一度この地方有数の牛の牧場として地図にのるほどにするには、わたしより経営の才のある人に任せたほうがいいと思ったの」

「というわけで、いまはひまな貴婦人というわけか」

「そうでもないのよ。童話を書いているの」

「売れるかい?」

「それが売れるの。そんな疑わしそうな顔をしないで」

「いや、悪かった。しかし、もうかるほど、きみが童話をたくさん書けるとは、想像できなくてね」

「もうかってるわよ」

「だが、リバーサイド牧場を救えるほどじゃない」

「それはそうだけど。でも、いやだわ、グラント。わたしが牧場を売りたがっていたなんてことは決して……」リズは腹立たしくなっていた。

「おこらない、おこらない!」グラントはからかうように彼女の髪を手に取ると、指にまきつけた。

「金糸のようだね」

「痛いわ」リズはそう言いながらも、彼があまりに近くにいるので呼吸が乱れた。彼がやっと髪を放した。

「キスしたら、どうする?」グラントは意味ありげに彼女の柔らかい唇を見つめて、やさしくきいた。

リズはこわかった。

「おびえた兎(うさぎ)みたいに逃げ出すわ」

「キスされるのがそんなにこわいの?」

「キスってまじめなものよ。軽いお楽しみにするものじゃないわ」

「ぼくがおふざけでキスするとでも思ってるのかい?」グラントの目の色が険しくなった。

「わたしのことをまじめに考えていらっしゃる、と思ってもいいの？　そんなことないはずよ」

「きみときたら、男の意気込みをはぐらかすのがうまいね。いつもこんな調子なのかい？　それとも、困ったときの手口なのかね？」

リズは呼吸の乱れがおさまった。「思ったことをそのまま言ってしまう、わたしの悪い癖はご存じのはずよ」

「忘れられるわけがない」グラントはつぶやいた。

彼女はもう引きあげる時間だと思って立ちあがった。「キッチンを片づけてから帰ります。あしたまでは缶詰でがまんしてね」

「リズ……」

「朝来るときに買い物をしてきますけど、領収書はきちんと出しますから」

「ほんとうにぼくの世話をしてくれるの？」

リズは挑むように見返した。「やめさせたいわけじゃないんでしょう？」

「汁けたっぷりのステーキと新鮮な野菜の取り合わせが食べられると思うと、こたえられない」グラントは苦笑して顔をゆがめた。

「覚えておきますわ」彼女は微笑を浮かべ、数分後にはキッチンを片づけながら、幸せそうに次の日の献立をあれこれ考えていた。

3

「あなた、おかしいんじゃない！」ステイシーのおこった声が静かな居間に響きわたった。「グラント・バタスビーは召し使いを十人以上雇ったって、銀行預金にはちっとも響かないくらいのお金持なのよ。それなのに、あなたがすすんでお手伝いになろうなんて」

リズは胃が縮むような思いだった。「お金をもらうつもりはないわ」

「お金を受け取ろうと取るまいと、関係ないわ。世間の人がなんと噂するか、想像できないの？」

「手助けの必要な人にわたしは背を向けられないわ。グラントは手助けが必要なのよ」

「まあ、リズったら！」ステイシーは、どうしようもないと言うように、両手をあげた。「あなたはいつも度はずれで衝動的だけど、こんなばかげたことは初めてよ！」

アンガスが口をはさんだ。「ステイシー、ちょっと待った。きのうサム・ミューラーと話をしたんだけど、グラントは精神的に相当まいっているらしい。その意味で、リズなら彼を救えるとぼくは思う」

「ありがとう、アンガス」リズは彼に笑顔を向けたが、ステイシーはまだ納得しなかった。

「それは、リズだったら、グラントに取りついた悪魔を追い払えると思うわよ。だけど……」

「あんまり心配しないことだ。リズならちゃんと自分の始末はできるよ」

リズにとって、アンガスが信頼してくれたのはありがたかった。なぜグラントをそんなに助けたいのか、自分でも説明はつかなかったが、彼はとにかくホールデン家の永年の友達だったとしか説明のしようがなかった。

次の朝九時すぎには、リズはグラントのコテージに着いた。ドアは開いていたが、彼は留守だった。彼女はさっそく荷物をほどき、キッチンを片づけると、バスルームで洗濯をした。

窓を開け、新鮮な空気を入れて、ほこりをはたき、床を拭いた。二時間後、ステーキを作る準備を始め、じゃがいもをむいていると、グラントが帰って来るのが見えた。リズは紅茶をいれるため、湯わかしを火にかけた。

グラントはときどき休みながら、ゆっくり近づいて来る。キッチンのドアを開けて入って来たときには、お湯はわいていた。

「紅茶はいかが？」リズの問いにうなずくと、彼はテーブルのわきの木の椅子に腰を下ろした。

「きみがぼくの世話をすると言ったら、ステイシーはなんと答えたの？」

「わたしはおかしいって」

「きみがここへ来るのをあきらめさせられる、と思っていたんだ」

「まさか、そうなればいい、と期待していたわけじゃないんでしょう？」

「いや、期待していた」

リズはがっかりしたが、それをかくして笑った。

「恩知らずなのね？」

「いまは一人でいたいからね」

「どうぞ。紅茶は居間で召しあがるといいわ。わたしは食事の用意をしますから」リズは彼のティーカップを持ち、居間に運ぼうとした。

彼女が想像もしなかった機敏さで、グラントがさえぎり、主人顔をしてじっと彼女の顔を見つめた。

「リズ……おかしいかもしれないが、ぼくが心配しているのはきみのことなんだ」

「ほんとに？」

「一つには、きみが毎朝のようにここに来ているという噂が広まれば、きみの評判は目に見えて悪くなる。もう一つは、ぼくは一緒にいても楽しい相手じゃないってことだ」

「あなたが不機嫌でもわたしはかまわないわ。それに、わたしの評判はあなたが心配することじゃなくて、わたしの問題よ」

「世間の人がきみのことを辛辣な、恐怖のリズと噂するのはいいけど、その、リズは……」

「その先は言わないで！」彼女は鋭くさえぎった。

「わたしがどんな人間かわからないような人の言うことなんか、気にすることないわ。紅茶はここでお飲みになるの、それとも居間？」

「ここがいいね。きみを見ていられる」グラントはかすかにほほ笑んだ。

「わたしが家宝の銀器を持ち出すんじゃないかと心配なの？」

「きみの言う家宝の銀器はヨハネスバーグにあるよ。サム・ミューラーが越して来る前に、用心して向こうへ移してしまった」グラントは冗談めかして言った。

「手っ取り早くお金持になろうなんて考えは、忘れたほうがいいみたいね」リズもふざけて、ため息をついてみせたが、すぐにじゃがいもの皮むきに取りかかった。

「お金がそれほど大事かい？」

「ばかなことを言わないで！」グラントの真剣な口調に驚いて、彼女は笑いとばした。

「お金があって、リバーサイド牧場を売らずにすんだとしたら？　それでもかい？」

彼はしつこくきいた。リズはじゃがいもの皮をむくのをやめて、振り返った。

「いらいらするわ」

「答えてくれるのかい？」

「あなたってフェアじゃないわ。ご自分でもわかっていらっしゃるはずよ。でも……」リズは唇をかんだ。「何カ月か前なら、わたしもお金が必要だと思ったわ。お金があって、ハイリッジズのように管理人を雇えれば、リバーサイド牧場を売らずにすんだんですものね。心を痛めることもなかったわ。でも、それだけの資金がなかったんだから、きっぱりとあきらめて売りに出したの」彼女は肩をすくめた。「それからはお金はちっとも魅力的でもなくなっちゃった」

　これだけ言うと、リズは台所仕事に戻ったが、グラントがまたきいてきたのでびっくりした。「牧場を売って、お金は相当入ったんだろう？」

「そうなの」彼女はふざけた。「だけど、借金とかを全部払い終えたら、ホールデン家の三人姉妹はわずかな蓄えが残っただけ。わたし達、一生働き続けなきゃならないのよ」

「しかし、お父さんは……」

「そう、この地方で一番の牧場主だったわ」

「それがどうなったの？」

「もうお話ししたでしょう。かんばつがあって、父は病気だったし……」

　グラントは目を細めた。「なにかかくしているね？」

　リズは、あなたには関係ないことよ、と口まで出かかった。が、彼を助けようとするのなら、すべてに正直でなければならないと考えた。

「父はひどくお酒を飲み始めたの。そのせいで、生きることにも興味を失ってしまって」

「だけど、なぜ？」グラントは顔をしかめた。

「よくわからないけど、むかしの生活がいらしくて、よく母の話をしていたわ」彼女は二年間の父の態度を思い出して、唇をかんだ。「母を亡くして父はだれにも想像できないくらい、寂しかったんだと思うの。だから、再婚もしなかったのね」

「だれにもあの人の代わりはつとまらないよ」

　グラントの口調はちょっと変だった。母のことではなくて、マイラ・キャベンディシュのことを考えているのだろう、とリズは思った。彼が視線をそらしたので、いっそう確信を深めた。

「わたしが子供のころ落馬すると、父はわたしを立ちあがらせて、また馬に乗せてくれたわ。人生はそんなものだと思うの」リズは彼に同情している素振りも見せずに続けた。「わたし達は何度も投げ出されるけど、その度に立ちあがって前進しなきゃならないのね」

「ぼくに説教してるのかい？」

「そうかもしれないわ。あなたはいまは転げ落ちてるけど、手助けがあれば、もう一度鞍に乗れると思うの」

「なんの鞍にだい？」グラントの目は疑わしそうで、態度は険しかった。

「例えば、お仕事よ。単に生きることでもいいわ」

「散歩してくる」グラントは松葉づえをつかむと、立ちあがった。

「どうぞ。足をきたえれば、それだけ早く松葉づえなしで歩けるようになるはずよ」

「ご忠告をありがとう、ホールデン先生」彼は出口のところで怒鳴った。

「どういたしまして」

　ドアがばたんと閉まり、コテージが揺れた。リズはびくっとし、自分がどんなに緊張していたか、初めて気づいた。キッチンの窓から見ると、グラントは夢中で川に向かって歩いていた。彼女は胸がじーんとするのを感じた。

　リズはアイロンをかけ、料理をオーブンに入れて、午後一時すぎには帰って行った。せっかくのステーキがむだにならないよう、グラントが早く帰って来てくれればいいとだけ念じながら。

それからの一週間、彼女はめったにグラントと顔を合わせなかった。リズが着くと、彼はすぐ散歩に出かけ、彼女が帰って行くまで、戻っては来なかったからだ。ある朝、こんな状態が続いてはいけないと思って、彼女は出かけようとするグラントの前にわざと立ちふさがった。

「いつまでもわたしを避けていられるわけじゃないでしょう。それとも、わたしとは二度と口をきくおつもりはないの？」

「きみの忠告に従って、足をきたえているだけだよ」彼は松葉づえでどくように合図したが、リズはそのつえをつかんだ。

「グラント？　わたしに来てほしくないのなら、そうおっしゃればいいのよ」

彼はあごを硬くした。そうしてほしい、と言われるのではないか、とリズは思った。だが、違った。

「散歩に行ってくる。だけど、お茶の時間までには帰って来る」

見送りながら、彼女は、ささやかながら勝利をおさめたと思ったが、奇妙な感じは拭えなかった。

それからは生活が変わってきた。グラントは朝早く散歩に出かけ、お茶の時間には帰って来て、食事の用意をするリズとあれこれおしゃべりをするようになった。そのうち、リズは彼と一緒に昼食を食べるようになり、その時間をとても大切に思うのだった。しかし個人的な話題はめったになかった。

グラントは日増しに元気になり、こけていたほおにもふくらみが戻って、衣類もぶかぶかではなくなった。まだ松葉づえに頼っていたが、歩き方は目立たなくなっていた。しかし、彼を一番悩ませていたのは、手の柔軟性が相変わらず回復しないことだ。

リズは自分の仕事の遅れを取り戻すため、午後から夜にかけて、机に向かって童話の原稿を書いてすごした。しかし、そんなときもグラントのことを考えていることがしだいに多くなっていた。

　彼は肉体的にはずいぶん回復したのだが、精神的には、依然、欲求不満でシニカルだった。ひどく落ち込むことは少なかったが、憂うつな気分が抜けていないのは、しばしばひねくれた言い方をすることからもうかがえた。彼はリズを妹のように扱い、彼女は十六歳に逆戻りしたような気分になることがあったが、それに文句は言えなかった。むしろ、妹のように扱われると、彼にたいする自分の気持をかくすことができて、ありがたいくらいだった。しかし、心の奥底ではなんだか不満で、もっとなにかを期待していらいらもした。彼女はそんな自己分析はやめて、仕事に集中することにしたが、数日後、グラントとの関係を大きく変える出来事が起きたのだ。

　リズは居間のカーテンを洗濯し、キッチンの椅子を持ち出して、もとのカーテンレールのところへかけようとしていた。だれかが居間に入って来た。

「手伝おうか？」グラントだった。

「これがすんだら、その椅子にかけてあるカーテンを取ってくださる？」リズが最後のフックをとめると、グラントは明るい花模様のカーテンを差し出した。

　彼女は背伸びして、そのカーテンをかけながら、胸のふくらみがブラウスに響いているのに気づいていた。それと同時に、グラントに形の良い脚の線を少し見せすぎているのではないかと気になった。彼が女性らしい彼女の体の曲線にじっと目を注いでいるのを意識し、ほおが熱くなったが、一方では、彼に見つめられるのはいい気持でもあった。フックをかける手もとが震えたが、それが終わると、彼はリズの腰を両手で持って床に下ろしてくれた。

　二人の視線が合った。グラントの灰色の瞳になにかを感じて、彼女はますます赤くなった。彼がリズを子供としてではなく、初めて女性として見ているように思えたのだ。喜んでいいのか、用心したほうがいいのか、わからなかった。これまでも同じ年ごろの男性がときどき手を出してくることはあった。彼女はその度に笑いとばして、相手を困らせたものだが、ずっと彼女の心をとらえて離さなかったグラントが相手では、そうはゆかなかった。

　グラントの指が腰に食い込んで熱い。リズは顔をあげたが、視線がなにげなく彼の唇にとまってしまった。彼の口もとが官能的にゆるんだ。リズは胸がいっぱいになり、脈拍が速くなった。

　グラントは巧みに彼女を抱き寄せ、傷ついたほうの手で彼女の頭のうしろを押さえ、顔をかしげさせた。なにが起きるのか、リズにはわかっていた。

〝逃げ出すのはいまだ、あなたは破滅を招いているのよ〟と促す声が聞こえてくるのだが、体がとろけてしまい、手足も自由がきかない。グラントが顔を近づけて来ても、避けることができなかった。とうとうリズは彼の温かい唇にとらえられていた。

〝もう遅いわ！〟彼の口づけに唇を震わせてこたえながら、リズは自分自身を責めた。だが、激しく高鳴る胸はその良心の叫びをも、いつの間にかかき消していた。

　リズはしばしばグラントに唇を奪われる場面を夢見たが、どんな想像にも増して、これほどぞくぞくし、血が熱く騒いだことはなかった。強いワインを飲みすぎ、ふらふらしている感じだ。アフターシェーブローションとたばこの匂(にお)いが感覚を刺激し、うぶな彼女の唇がやっと解放されたときには、もう抵抗もできなくなっていた。口づけされたことがないわけではなかったが、これほどすばらしく体のしんまで刺激するものであるとは、想像もしなかった。

リズは彼の胸から肩へと手をはわせながら、部屋がくるくる回るのを感じていた。

リズは男と女が分かち合う、燃えるような睦み合いに入ろうとしていた。巧みに愛撫され、体の奥に火がつけられて、彼女はあらがうように身じろぎした。

グラントはすぐ体を離した。リズは呼吸もできないくらいだった。彼もそうだった。彼の瞳孔は広がって目が黒く見え、広い額と鼻の下には薄く汗が吹き出していた。表情は彼に似合わず取り乱していたが、彼女自身も冷静とは言えなかった。口づけと愛撫にまだ酔っていて、ぼんやりしていた。

「お湯をわかしてきますわ」リズは意外に落ち着いた声でそう言うと、椅子を持ってキッチンに向かった。グラントは彼女をとめようとはしなかった。

紅茶をいれながら、彼女は彼との口づけについて考えていた。十代の恋がそのまま生き延び、しかも彼への献身的な気持に深まっているのを自ら知って、なんと形容していいか、わからなかった。

「リズ……」グラントの低く深い声に、リズは不安そうに振り返った。「さっきのことだが、誤解しないで……」

「真剣な気持でキスしたわけではない、と言いたいんでしょう？」リズはさえぎるようにきいたが、想像が当たったことを彼の表情から読み取り、ひどく傷ついた。しかし、笑ってごまかそうとした。「あら、グラント、わたしはそれほどナイーブじゃなくってよ。あなたは衝動的にキスしただけ、なんでもないことよ！」

彼は苦笑した。「そんなふうに考えてくれて、ほっとしたよ」

紅茶を出しながら、ほんとうは、〝飲んでごらんなさい。そして、やけどをするか、むせるといいわ！〟と言いたかったのだが、リズは黙っていた。

彼女はなにごともなかったように振る舞おうとし

た。しかし、グラントが考え込んだ目つきでずっと彼女のあとを追っているのは、わかっていた。なにかが差し迫っているように思えて、リズは生まれて初めて感じたほど神経質になり、いらいらしていた。だが、そのなにかを避けることはするまい、と心に決めた。

次の日、昼食がすんだあと、グラントがきいた。

「もう帰らなきゃいけないかい？」

「ほかに約束はありませんけど」

「じゃ、散歩しようか？」

リズはちょっとびっくりしたが、すぐに応じた。

「あなたさえよければ」

グラントの好きな小道を選んで、二人は川辺のくさむら沿いを歩いた。どちらも手を触れようともしない。暑い日で、草原にそよ吹く風もなく、小鳥や昆虫も日差しを避けて姿がない。

彼は柳の木陰で立ちどまり、おたがいになにか不自然な気持で向き合った。彼の憂うつそうなまなざしが、とうもろこし色の髪に縁取られた彼女の顔から若々しい肢体へとゆっくりと移った。リズは触れられているような気がして、脈拍が速くなり、息が詰まった。彼の視線が誘いかけ、心の中の柵をとび越えようとしていたからだ。男らしく迫ってくるものを痛いほど感じ、一方では自分もなにかはわからない欲求を覚えていた。

「そんなふうに見つめないで、グラント」彼の目が自分の柔らかい唇に向けられたとき、リズはこらえきれずに言った。

「そんなふうって？」

「なにかたくらんでいらっしゃるみたいだわ」

グラントは短く笑った。白い歯が日焼けした顔色に映え、その目には好奇心がのぞいていた。「ぼくは下心があるみたいに見つめていたのかな？」

「ご存じのくせに。あれからずっと……」

「きのうキスしてからってこと？」リズがうなずくとグラントは続けた。「ぼくの腕の中できみがどんなだったか、忘れられなかったんだ。とても小さくて柔らかく、一生懸命ぼくにこたえていた」

「やめて！」リズは真っ赤になった。

「きみが赤くなるとは知らなかったよ」グラントはからかうように口もとをゆがめ、両手で彼女の熱いほおをはさんだ。リズはまた手足がまひしてくるのを感じた。

グラントが唇を重ねてきた。今度の口づけは軽く、味わいを確かめているかのようだ。リズは両わきでこぶしを作って、じっと耐えていた。彼の頭を引き寄せ、強く抱擁されたいと思ったのだが、その欲望を抑えてじっとがまんした。

リズのやせがまんがわかったのか、グラントが唇を離して軽く笑い声を立てた。彼女はおこって手を振りあげ、突き放そうとしたが、予期していたように彼にうまく抱きすくめられてしまった。彼女は体の割には力があるのだが、がんじがらめにされた上、唇を攻められて、気力も失せていた。体中が熱くなり、恥ずかしげもなく、とろけるように彼にもたれかかった。抵抗するより、応じるほうが簡単だった。

彼女が腕をグラントの首にまきつけると、そのまま柔らかい草の上に倒されていた。

唇をむさぼられ、リズはもはやなにも考えることもできなかった。男っぽい匂いと、背中をはい回る手の動き、それに大きく鼓動し合う心臓の響きだけが意識にあった。グラントはじれったそうにベストのボタンをはずし、唇を口もとから首筋へ、そしてなめらかな肩へと火のようにはわせた。肌に分布する数多くの繊細な感覚がいっきに生き返った感じだ。だが、胸を覆う薄い生地を通して、彼の手の熱さが伝わると、リズは正気に戻った。

「やめて」彼の手首をつかんで、彼女はうめくように訴えた。

　グラントが顔をあげた。その目は荒々しく、情熱にあふれている。「どうしたの？」

「わたし達は子供のころからのおつき合いだから、おたがいのことをよく知っているでしょう？」リズは、彼が目の前にいるために、まだ脈拍は速かったが、なんとかさりげなく声を出した。

「そうだよ」

「だから、おたがいに正直であってもいいはずだわね？」

「うん」グラントはあざけるような笑みを浮かべたが、それにしては忍耐強く応じていた。

「わたし、軽いいたずらの相手にされているの？」

リズが思い切ってきくと、彼は手を離した。

「そんなことを考えていたのか？」

「いまはなにを考えたらいいのかさえ、わからないわ」彼女は上体を起こし、胸のボタンをもとに戻した。

「キスされたことはあるんだろう？」

「そんなにいつも夢中になってするものではないし、こんなに激しい口づけは……わたしってどうしようもないわ、グラント」

「どうして？」

「パメラみたいになれないもの」リズは髪に指を通しながら、あらぬ方へ目をやった。「パメラはこんなときにどうすればいいか、心得ているでしょうけど、わたしにはわからない」

「なるほど。きみとすれば、キスはふざけ合ったりするものではなくて、まじめに交わすものなんだ」

グラントのからかうような口調が、リズの繊細な神経を逆撫でした。

「からかわないで、グラント！　ゲームのつもりなら、ほかの人を探すといいわ！」

　リズは悪魔に追いかけられているようにコテージ

に逃げ帰り、すぐ車で帰路についた。彼女らしくもなく、不愉快な気分だった。

三十分後、家に帰ったリズをちらっと見て、ステイシーがきいた。「なにかあったの？」

「なにかあったかって、どうして？」

「あなたはいつもは車のエンジンの回転速度を必要もないのにあげたり、ドアをばたんと閉めることはないもの。グラントが手でも出したの」

リズはしょげた顔を姉に向けて、そのまま二階にあがりかけた。

ステイシーが下から声をかけた。「けさパメラから手紙が届いたのよ。あなたあてに追伸があるわ」

リズは立ちどまって振り向いた。「ほんと？」

「わたしが言っていたとおりのことを書いているの」

「グラントとのことだってこと、すぐわかるわ」

「読んであげるわ」ステイシーはホールのテーブルの引き出しから手紙を取り出した。「リズにグラントを避けるように伝えてください。彼とつき合うと、命取りになります」

リズは無性に腹が立ち、家をたたきこわしてしまいたいくらいだった。

「パメラにほっといてと伝えて。あなたもよ！」その声が静かな家の中でこだまし、彼女は階段を二段ずつとぶようにして、自分の部屋に走り込んだ。ほおに涙が伝わっていた。

「もう、いや、いや、いや！」リズは大声を出し、腹立ちと欲求不満で涙が流れるに任せていた。

パメラのように振る舞おうとしてもむだなのだ。わたしは手のつけられない、向こう見ずの、恐怖のリズだから。きょうの午後、見知らぬ深い海でもがいている自分を発見するまでは、なにもだれもこわいと思ったことはなかった。ほんとうは潮に流され、行き着くところまで行きたかったのだが、こわかった。こわがっていた！　あの一刻一刻がグラントにはなんでもなかったとしたら、もういい、彼にはぜったいわたしの気持をもてあそばせたりはさせないわ。

一時間たつと、リズは気持も落ち着き、ステイシーに謝った。しかし、ステイシーがなんと言っても、次の朝ハイリッジズ牧場に出かけるのをやめるつもりはなかった。

コテージは、前の晩グラントが飲んだくれたらしく、取り散らかっていた。リズはびっくりした。ところが、散歩から帰って来たグラントは、彼女が来ているのを見て、もっとびっくりしていた。

「もう来ないと思ってらしたの？」リズは紅茶をいれながら軽くきいた。

「正直言うと、また缶詰で食事している悪い夢を見たんだ」グラントは気弱そうに笑った。

「わたしは自分自身に腹を立てていたのよ。あなたのことをおこっていたわけじゃないわ。ごめんなさい」

「自分自身に腹を立てたって不思議じゃないよ。表面はしたたかな〝恐怖のリズ〟だけど、その裏に、うぶでおじけづいた若い女の子がかくれているのだから」グラントはやさしく笑った。

痛いところを突かれたので、身構えていなかったら、リズは正体を暴露するところだった。「子供のころ、うしろが暗がりだと、通りを歩くのがこわかったけど、あるとき思い切って振り返って見てからは、こわくなくなったわ。貴重な経験よ」

「こわがっている相手でも、立ち向かって、うまくさばく方法を見つければ、こわくなくなると言いたいんだね？」

「そんなところね」リズはほほ笑んだ。

グラントがじっとその目をのぞき込んだ。「ぼくがこわいのかい？」

「いいえ、自分がこわいの」彼女は自分の弱いところを明かしていた。

グラントはいじめるのが楽しいようにまゆをあげた。「さて、きみのその弱点をどうやって利用したものかな？」

「自分でそれを克服してから、教えてあげる」リズは軽くかわした。

グラントはそれ以上追求しなかった。だが、リズがいつもの仕事にかかると、何度も彼とぶつかったり、視線が合ってしまうので、とうとうキッチンを出て行くよう頼まざるを得なかった。彼は出て行ったが、三十分すると、黄色いひな菊を摘んできて、自分でピクルスの空きびんに水を入れ、それを生けた。

テーブルの上のひな菊をはさんで食事をしながら、リズは彼のおかしな行動を笑いとばしてやりたかった。同時に泣きだしたくもなっていた。しかし、それを抑えて黙々と食べ続けた。

コーヒーを飲むころになると、二人の間の沈黙は緊張に変わっていた。リズは帰りたくなっていた。急いでコーヒーを飲み、あと片づけにかかった。

ひじまで洗剤の泡で濡らしながら、彼女のいらいらは、極限にまで達していた。グラントになにか気にかかることがあるのなら、彼のほうから言いだすべきなのだ。

彼はマイラ・キャベンディシュのことを考えているのだろうか？　きっとマイラがここにいて、料理、洗濯、掃除をしてくれたらいいのに、と思っているのかもしれない。はで好みのマイラが家事をしている姿を想像すると愉快だったが、心がちくりと痛むのも否定はできなかった。

「帰る前にコーヒーをいれて、居間に運んでくれないか？」グラントに突然声をかけられて、リズは心を見透かされたかのように感じて、どきりとした。

「はい」リズが答えて振り向くと、彼はもう居間の方へ向かっていた。

すばやく片づけて、リズはコーヒーカップを手にまたひな菊を見ていた。今度は泣きだしたくなり、あわててのどのつかえをのみ込んだ。

居間にコーヒーを運ぶと、グラントが言った。

「まだ帰らないでくれないか。このところずっと考えていたことがあるんだ」

リズは身動きもできず、震える手をかくすために、スカートのポケットに突っ込んだ。〝彼はヨハネスバーグに引きあげようとしているんだわ〟彼女はそう思った。これまでもグラントは牧場を出たり入ったりしていたのだが、今度が最後になるに違いない。さよならを言わなければならないかと思うと、彼女はどっと胸騒ぎに襲われた。

コーヒーは口をつけられないままテーブルにのっている。彼が何を言おうとしているのか、少しでも探ろうと、リズは目を閉じたグラントの表情をじっとのぞき込んだ。

「リズ、結婚してくれないか？」

4

リズは心臓がとまるかと思った。心のまわりに防壁を張りめぐらしていたので、その言葉の意味はすぐには伝わらなかった。「リズ、結婚してくれないか？」グラントは興奮も見せず、冷静にそう言ったのだ。彼女は笑いだせばいいのか、泣きだせばいいのか、それとものしって食ってかかればいいのか、まるでわからなかった。冗談なのだ。彼がわたしに妻になってほしいと頼むはずがない。

グラントは笑い声をあげる気配も見せず、静かに考え込んだまま、じっと返事を待っていた。

「求婚の前には普通愛しているという告白があるものだ、と聞いていますけど」リズはからかうような口調で言った。グラントも、いくらか落ち着かなそうなようすを見せた。

「愛はないけど、妻は必要なんだ」

「あなたがおっしゃっているのは、一緒に寝る女性がほしいってことだわ」リズはあけすけに言った。

「それがそんなにひどいことかな？」

「そうよ……そうばかりでもないけど」彼女は日当たりのいい小さな庭に目をやった。激しい心の動揺に比べれば、なんとも恵みに満ちた平和な光景だ。リズののどは引きつり、顔は気持を抑えようとして表情が硬い。「どうしてわたしでなくちゃいけないの？　どうしてわたしを選んだの？」

「きみが生き生きしているからさ。料理もうまいし、きみほどうまくアイロンをかけてくれる人は初めてだ」

「お世辞を言われて、いい気分にならなきゃいけませんわね」リズはヒステリックに笑った。

「冗談じゃないよ、リズ。結婚にロマンチックなものを期待しているのだったら、そんなばかげた考えは捨てたほうがいい。ぼくたちの結婚はうまくゆくと、ぼくは確信している」二人の視線がかち合った。だが彼女は目をそらさなかった。

「肉体的な意味でおっしゃってるのね？」

「そうだよ」

グラントの目があざ笑っているように思えて、リズは腹が立ち、視線をそらした。「なんにもわたしに与えようとはしていらっしゃらないのね？　ただ、肉体的な欲望だけ……」

「不自由はさせないよ、リズ」

「わたしが相手の経済状態を第一に考えているみたいな言い方ね？」

「混同するんじゃない！」グラントはたばこに火をつけ、天井に煙を吐き出した。「じゃあ、いったいなにがほしいんだ」

「あなたにないものがほしいの」リズは正直に答えた。あいまいな言い方でごまかすときではないと思ったからだ。「あなたの愛がほしいの」

グラントはびっくりしたようすだった。しばらく緊張した空気が流れた。「それがどうしてそれほど大事なことなんだろう？」

「わたしがあなたを愛しているからよ」

リズはためらいもなく、冷静に愛を告白していた。長く心に秘めてきた思いを初めて打ち明けたのだ。彼女の真剣さは、そのまなざしを見るだけで、グラントにもわかったであろう。

「きみは正直すぎるよ」彼は非難がましくそう言うと、ひるんだようになった。

「わたしは自分がどんなに傷ついても、いつも正直を通したほうがいい、と思っているの」

グラントはむずかしい顔をして、たばこの火を見つめていたが、やがて顔をあげた。「自分にないものを与えることはできないよ、リズ。尊敬の気持と友情と肉体的な愛だけはあげられる。しかしそれ以上はだめだ」彼の口もとは冷笑するようにゆがんだ。「ぼくから申し出る条件はそれしかない」

「わたし、愛のない結婚に耐えてゆかねばなりませんわね」リズは落ち着かなそうな笑顔を見せた。やめなさい、という警鐘が頭の中で鳴り響いていたが、彼女は心を決め、グラントの足もとにひざまずいた。

「お受けします」

彼の目の中にリズが見たのは、安堵感だったのだろうか？　彼女にはわからなかった。グラントはたばこの火を消すと、彼女を抱きあげ、激しく口づけした。彼女もあふれる思いでそれにこたえた。いつまでもこのままでいたかった。しかし、なにごとも永遠に続くものではない。彼は顔をあげた。

「安心なステイシーの家に帰る時間だよ。具体的なことはあした話し合おう」グラントは帰りたがらない彼女にからかうような目を向けて、きっぱりと言った。

リズは素直に従った。幸せだった。それと同時に、自分が愛しているように愛してくれない男性との結婚に応じてしまった事実も、つらく心に残っていた。

その日の夕食後、リズはグラントとの婚約をステイシーとアンガスに伝えた。

「あなた、気でも狂ったの？」予想どおり、ステイシーの柔らかな声音はピッチがあがっていた。

「彼を愛しているのよ、ステイシー」

「彼にも同じように愛してもらえると思ったら、大間違いよ」

痛いところだった。だが、それを見せてはならなかった。「彼がわたしを愛していないことはわかっていてよ。彼もはっきりそう言ったもの。その上で、わたしは彼の求婚に応じたの」

「マイラ・キャベンディシュのことはどうなの？　もし彼女がグラントのところへ帰って来ると言ったら、どうなると思うの？」

　リズははっと胸をつかれたが、芝居っけたっぷりにユーモラスに答えた。「そのときまでには、彼もすっかりわたしに夢中、恋のとりこになっていてほしいものね」

「まあ、リズったら！」ステイシーは助けを求めるように、ちらっと夫のアンガスを見て、さらに妹を責めた。「どんなことになるか、わかってるの？」

「簡単ではないと思うけど、なんとかうまくゆけばいいと思っているの」

　アンガスが進み出て、リズの手を痛いほどしっかり握った。「ぼくにもちょっと言わせてくれないか。リズ、おめでとう」彼はにっこりして彼女を抱き寄せ、ほおにキスした。「それで、式はいつ？」

「まだ話し合っていないけど、わたしは……すぐにもあげたいと思っているの」

　ステイシーも夫と同じように妹を抱いて祝福したが、彼女の羊のような目には不安がのぞいていた。

「あなたのことが心配だわ」

　アンガスが声を立てて笑った。「ばかなことを言うんじゃないよ。リズにぬかりはないさ」

　その晩、リズは遅くまで寝つかれず、何度も〝リズに抜かりはないさ〟というアンガスの言葉を思い出していた。彼の信頼はうれしかったが、はたして自分で自分のことがうまく処理できるものだろうか？　グラントへの愛のために、自分が苦しむことになりはしないだろうか？

　次の朝、リズは睡眠不足で頭痛がし、アスピリンを何錠か飲んだ。

　グラントのコテージに着くと、彼はキッチンのテーブルに座って、コーヒーカップを両手にかかえ込んでいた。カーキ色の半ズボンとブルーのシャツを着て、ひげもそらず、目の下にはくまができている。

「けさは足ならしはさぼったんだ」グラントは、リズが不審そうにしているのを見て、自分から口を切った。

「具合が悪いのじゃないんでしょう？」

「ゆうべよく眠れなくてね」彼はかすかに笑みを浮かべ、そばに座るよう手招きした。

「わたしも」

「自分の決心を悔やんでいたんじゃないだろうね？」

「いいえ」リズはかぶりを振り、心配そうに彼を見つめた。「あなたは？」

グラントはコーヒーカップをテーブルに置き、リズの髪の毛へ手をもぐり込ませた。それから、うなじを軽く撫でると、頭を引き寄せて唇を覆った。二人の唇はからみ、味わい、求め合った。その口づけのあまりのなれなれしさに、彼女は感覚を刺激され、くらくらしていた。

「リズ、ぼくはきみがほしい。ほんとだ」グラントはうめくようにもらした。「こんな調子ではいつまでも思いは達せられやしない。話し合おうよ」

グラントの声は低く、誘いかけるようだった。彼の言うとおり、二人は話し合わねばならなかった。

「いいわ、話し合いましょう」彼女は背を伸ばし、つとめて平静に応じた。だが、ほおは上気し、心臓はまだ早鐘のように鼓動していた。

「いつ結婚してくれる？」平然ときくグラントの切り換えの早さが、彼女はうらやましかった。

「あなたさえよければ、どんなに早くてもいいわ」

「土曜日はどう？」

「そんなに早く？　あと二日しかないのに」

「着飾った普通の結婚式がしたいのなら、もちろん延ばしたっていいんだよ」

グラントは手の込んだ結婚式は望んでいないに違

いない、とリズは思った。彼女自身も大げさな式がいいかどうか、わからなかった。教会につきそう父はいないし、ステイシーも生まれたばかりの赤ちゃんをかかえているのだから、格式張っても意味がなかった。

「静かな結婚式がいいわね。土曜日でもけっこうよ」

「きみの家族の人達はなんというかな?」

「わたし達が決めたことなら、賛成してくれるわ」

グラントが濃いまゆを少しあげた。「ぼくと結婚することについては、なんにも言われなかったかい?」

「ステイシーが、気でも狂ったの、と言ったわ。でも、もう自分のことは自分で決める年ですものね。結婚したら、ここに住むんでしょう?」リズは話題を変えた。

「しばらくはそうだ」

「グラント……」リズはためらったが、きいておかねばならなかった。「マイラのことはどうなるのかしら?」

彼のあごがこわばり、目は氷のように冷たくなった。「彼女のことはいい」

「でも……」

「いいと言ったはずだ!」彼は椅子をけって立ちあがった。「彼女とのことは終わった。もう過去の人なのだ」

「それなら、それでいいわ」

「リズ、頼むから、わかってくれ」

グラントは彼女の肩に手を置いたが、その手は震えていた。それから彼女を立たせると、激しく抱き締めた。彼女は息もできないくらいだった。彼のほおはざらざらし、吐く息がこめかみに温かい。むさぼるように唇を押しつけられて、リズは新たな不安におののいていた。彼はなにをわかってくれと言ったのだろう？　マイラ・キャベンディシュを忘れるために、わたしを利用しているのかしら？　つらいわ……ああ、神さま、ほんとにつらい！

「わたし、大急ぎで準備をしなくっちゃ」

「ぼくも町へ出て、いろいろ手続きをしておくよ」

「その前にひげをそっていらしたほうがいいわ」リズがそうすすめると、グラントはあごに手を当てたが、彼女は改めてその手の傷に気づかざるを得なかった。

「そうだね」彼はにやりとしてキッチンを出て行った。

リズは脚が震え、少し気分が悪くなっていた。しかし、彼女はいままで自信を失うということがなかった。今度もくじけるつもりはない。結婚はうまくゆくのだ。成功させるためにできるだけのことをしよう。そうすれば、やがてグラントもわたしを少しは愛するようになるかもしれないのだ。

その日の午後、リズはウエディング・ドレスを買いに行った。彼女は象牙色のスーツと、それに合う縁の広い帽子を選んだ。凝ったドレスではなかったが、試着室の姿見で見ると、売り子の言うとおり、クールでシックだった。

夕方、そのドレスが衣装だんすの前にかかっているのを見て、ステイシーがきいた。「結婚式にはこれを着るの？」

リズは童話を書く手を休めて顔をあげた。「けばけばしくなくて、スマートでしょう」

「きっとすてきよ」ステイシーは高価な生地にさわって言った。

「ほんとに？」

「わたしがお世辞を言う必要もないでしょうに」ステイシーはほほ笑んだ。「今夜の夕食にお客さまを一人お呼びしてあるの。おめかしして出てね」

「大事なお客さま？」リズは作中人物の性格を考えながら、鉛筆をなめなめ、うわの空できいた。

「それはあなたが決めることよ。用意ができたら、すぐ下りて来てね？」ステイシーは下りて行った。

リズはため息をついた。原稿は土曜以前に郵送しなければならないのだ。アンガスとステイシーがだれかをもてなすとしても、どうしてわたしまでまき込む必要があるのかしら。ほうっておいてほしかった。それに、いまは他人に気を遣って、上品に振舞う気分でもない。だが、ステイシーのために努めねばならないのだろう。

リズは、おめかしをするように言われたので、まだ一度しか着たことのない、サファイア・ブルーの絹の丈の長いドレスを選んだ。涼しくて着心地がよく、洒落（しゃれ）た感じだ。

鏡の前に立つと、〝繊細で女性的〟という形容詞が頭をかすめた。リズは一人でくすくす笑った。心根はいつまでもおてんば娘なのに、そんな言葉を思い出したのがおかしかった。だが、その彼女に、自分は女性なのだと意識させずにはおかない男性が一人いた。その男性がまもなく彼女の夫となるのだ。夫。その言葉にリズは考え込んでしまった。グラントが彼女の主人となり、彼女は彼のものになるのだ。心も体も彼の自由になるのかと思うと、落ち着かなかった。友達の中には奔放な女性もいたが、リズ自身は性的な経験はぜんぜんなかった。結婚する相手のためにそうしたのか、とにかく処女で通した。未経験のためにうまくいかなかったらどうしよう？

リズはどぎまぎしたが、そのことはしばらくおいて、階下へ下りて行った。

ステイシーはキッチンでもの音を立てていた。アンガスは書斎でお客さまの相手をしているのだろう。

リズは居間に入って、心臓がとまるほどびっくりした。グラントが立っていたのだ。

　どちらがそうさせたのか、あとになってもわからなかったが、彼女は鳩が巣に戻るように自然にグラントの腕の中にとび込み、灰色のスーツに顔をうずめていた。唇を合わせ、抱き合ったが、彼があまりに近くにいるのを意識して、リズは少し体を離した。

「あなたがいらっしゃることを、どうしてだれも教えてくれなかったのかしら？」

「きみが来なくていいと言い張るに違いないからだよ」

「あら？」

「少し話し合いたいことがあってね」

「どんな話？」リズは頭をかしげた。

「きみとぼくのこととか、土曜の午後四時からの結婚式のこととか、将来のことさ」

「グラント……」リズは緊張した。

「ステイシーが親切にしてくれてね、きみにこれをあげる機会を作ってくれたんだ」

　リズの不安は消しとんだ。グラントはポケットからきらきら輝くものを取り出した。

　ルビーだった。小さなダイアモンドの輪の中に真っ赤な血を落としたようにおさまっている。それを指にはめるとき、リズの手は震えた。「まあ、グラント、それにしても、どうしてぴったり合うのかしら？」

「けさ訪ねて来たとき、ステイシーがきみの指輪を一つ貸してくれてね、それに合わせて作らせたんだ。気に入った？」

「きれいだわ、でも……」

「でもって？」

「こんなことをなさらなくてもいいのに」リズは息苦しくなって、やっとのことでそう言ったが、目には涙がにじんでいた。

「きみが泣くのを見たのは初めてだよ」グラントは心配とおかしさとが入りまじった声を出した。

「たくさんあるわたしの欠点の一つなの。うれしいと、きまって涙もろくなってしまって」リズは泣き笑いしていた。

グラントは彼女の顔を両手ではさみ、彼からは想像もできないほどのやさしさで、涙に口づけした。涙がほおを伝わって落ちた。

「入ってもいい？」ステイシーがドアをやさしくノックして言った。

二人は離れ、グラントが勢い込んで答えた。「どうぞ」ステイシーに続いてアンガスも入って来た。

「シャンペンでお祝いをしなきゃと思ってね」アンガスは最高級のシャンペンボトルを持っていた。

「それはいい考えね」リズはそう言って、グラントの腕に手を通し、彼の表情をうかがったが、彼は感情をあらわにせず、おもしろがっているだけだった。

みんなで乾杯したあと、おしゃべりや笑い声がとびかい、グラントも幸せそうだった。ただリズは彼の目がどこか遠くを見つめているような気がときどきするのだった。彼はマイラのことを考えているのだろうか？　この指輪をはめているのがマイラだったらいいのに、と空想しているのではないかしら？

リズは心が痛み、食事中もまわりの会話についてゆけなかった。だが、彼女がそんな思いをしているとはだれも気づいてはいなかった。

グラントが帰るころになり、リズはジャガーのところまで送った。話したいことは山ほどあるのだが、言葉が出てこない。彼がなにかにとらわれているような感じもして、いっそう気が重かった。

「あしたも会えるかい？」グラントが暗がりできいた。

「もちろんよ」リズは明るく答えたが、自分の耳にもわざとらしく聞こえた。

グラントは彼女の肩に両手を置き、親指でそっと鎖骨のあたりを撫でた。彼女の張り詰めた神経がいくらかほぐれ、心地よかった。春の訪れのように徐々に気分が休まった。

キスを受けながら、リズは彼のジャケットの中へ腕を回し、知らず知らずのうちに、彼のたくましい体を引き寄せて、しつこくつきまとう不安を振り払おうとした。

「グラント」顔をあげて、彼の表情を確かめようとしたが、月が雲にかくれて、ぼんやりとしか見えない。「結婚するのがいやになったのなら、それでもいいのよ」

「どうしてぼくがいやになったなんて考えるの？」

「別にそんなことはないけど、少しでもためらいがあるのなら、もう一度考え直してごらんになるほうがいいと思って」

グラントは放心したようにリズの肩をさすっていた。指がドレスの細いひもをくぐった。「きみと結婚したいんだよ、リズ。しかし、ぼくははたしてきみに公明正大かどうか、確信が持てないんだ」

「わたしのあなたにたいする気持に比べればってこと？」

「そう」

「あなたはご自分の気持を正直に打ち明けてくださったわ。わたしがあなたに求めているのはその正直さだけ」リズはそう言ってグラントを元気づけたが、彼女自身は羽毛のような彼の指の動きを感じて、脈拍が速くなっていた。

「きみがそう言ってくれると思っていたけど……」

リズは指を彼の唇に当てて黙らせた。「わたしには自分のしたいことがわかっているの。それをさせてくだされば、あなたを幸せにするために、わたしは精いっぱい努めるつもりよ」

「きみほど利己的でない人はいないね。そんなきみにつけ込まないようにしないと、ぼくはいけないと思っている」そう言って、グラントはまたキスをした。リズは彼の唇の燃えるような感触のほかは、もうなにも感じなかった。ゆっくり愛撫を続ける彼の手の動きはしなやかで、ドレスの薄い生地の上から暖かい。その手がふと胸のふくらみに触れて、離れた。

「おやすみ、リズ」グラントはそう言うと、車に乗って走り去った。

リズは二カ月の間に二度引っ越しをすることになり、土曜日の午前中は大忙しだった。彼女があたふたと荷造りをすると、アンガスがそれをハイリッジズ牧場のコテージに運んでくれたが、延焼をくいとめられない山火事と闘っているような感じだった。

その間もずっと、リズは自分に問いかけていた。

〝グラントはいまなにをしているのかしら？　彼もわたしと同じように神経質になっているのだろうか？　それとも男の人は結婚式だからといって、いらいらしたりはしないものかしら？〟

「これが最後かな？」ドアのところに置いてあったスーツケースを二個かかえながら、アンガスがきいた。顔には玉の汗が光り、シャツもわきの下が汗で濡れていた。しかし、彼はけさからずっといやな顔もせず、笑顔を絶やさない。

「それで全部」リズは部屋の中を見回した。

「あれはどうするの？」彼はベッドの上の化粧道具入れを指さした。

「あれは、わたしが自分で持って行くものよ」

ステイシーが駆け込んで来て、口をはさんだ。

「アンガス、急いで。まだ牧場から帰って、シャワーを浴びたり、着替えをしなきゃならないのよ」

「十分時間はあるよ、ダーリン。まだ一時半じゃないか」

「あと二時間とちょっとしかないのよ」ステイシーはぶつぶつ言って、夫を追い立てた。

あと二時間とちょっとしかないのよ。その言葉が一人になったリズの耳にいつまでも残っていた。あと二時間とちょっとで、グラント・バタスビー夫人になるのだ。心細くなったり、心配しなければならないものか、わからなかったが、リズはなぜかとても平静だった。もの心ついてからずっと愛してきた男性と結婚するのだ。心の片隅が少しざわついても、それは不可能と思っていた夢がかなった興奮のせいだろう。

「今夜わたしはグラントのコテージの彼のベッドで彼の腕に抱かれて眠るのだわ。そして……ああ、神さま」リズは静かに祈った。「わたしは決してあの人を失望させたりはしませんように」

リズはバスルームへ急いだ。ロザリーの泣き声が聞こえる。お乳をほしがっているのだろう。ロザリーは母親が教会の結婚式に出ている間、となりの家であずかってくれることになっていた。しばらく、シャワーの音以外はなにも聞こえなかった。

リズが化粧をしていると、ステイシーが入って来て、鏡の中で彼女の褐色の瞳と視線が合った。「出かける前に話しておきたいことがあるの」ステイシーはまじめな表情だ。

「お説教はやめにしてね、ステイシー。きょうはだめよ、お願い」

「お説教なんかしようとは思ってないわ、ダーリン。ただ、困ったときは、いつでもわたしのところに来て、相談してね、と言いたかったの」

「まあ、ステイシー！」リズはまばたきして涙をかくし、姉に抱きついた。「頼りにできるとは思っていたの……ありがとう！」

十五分後、アンガスの運転する車で教会に向かった。教会の灰色の石の建物の前にはすでにグラントのジャガーがとまっていた。リズはその日初めて神経が張り詰めた。

ロビーに立っているグラントを見て、リズは心臓がとんぼ返りを打ったような感じだった。彼は濃いグレーのスーツとそれに合うタイを締めて、ことのほかハンサムだ。近づいて来たが、足はほとんど目立たない。握手をして、グラントにほほ笑みかけられると、リズは四月の午後の暖かい日の光を浴びた霧のように、緊張が消えた。

結婚式には形式的なわずらわしさは一切なく、アンガスとステイシーがつきそっているだけの、静かで簡素なものだったが、リズにとっては一生忘れられない思い出となった。明るい教会の外に出た彼女のほおには大きな涙の粒が二つ伝わっていた。グラントが彼女の手にハンカチを押しつけると、彼女は照れ笑いをしながら、そのハンカチで涙を拭いた。アンガスとステイシーが、思いがけず、新郎新婦に細かく切った色紙を投げかけた。

ぱりっとしたスーツから色紙を払い落としながら、グラントが声をかけた。「ホテルにシャンペンを用意させているんです。向こうで会いましょう」

ステイシーを車に案内しながら、アンガスがからかった。「きみ達が少し遅れても、文句は言わないよ」

グラントはアンガスとは反対の方向へ車を走らせた。二人は黙ったままだ。町を出ると、グラントは静かな通りに乗り入れ、木陰に車をとめた。

「五、六分でも二人だけになりたかった」彼はリズの帽子をうしろの座席にほうり投げると、激しく唇を求めた。彼女は目が回った。

グラントはようやく唇を離し、今度は首筋に鼻をこすりつけてきた。リズは息も絶えだえで、なにも考えることもできなかった。

「早くこうなりたかったんだ」グラントがうめくように言った。リズは、わたしもよ、と声には出さずに答えていた。

ホテルでアンガス夫妻とシャンペンで祝杯をあげ、二時間後にまた、グラントと二人だけになったときには、リズはもうふらふらだった。牧場に帰る時間だったが、驚いたことに、グラントは夕食も町のレストランで食べる予約をしていた。二人はろうそくを立てた小さな三角テーブルに向かい合って座った。新婚ほやほやだとすぐわかってしまうだろう、とリズは恥ずかしかった。赤くなりながらも、しかし、幸せだった。グラントから目が離せなかった。信じられないほどハンサムな彼が、わたしの夫なのだ。

二人はとりとめもなくいろいろ話をしながら、食事をした。リズは相変わらず目の前の夫しか目に入らなかった。

コーヒーになったとき、グラントが言った。「長い一日だったね」

「ほんとに」

「帰ろうか？」

視線が合うとリズは挑発するように笑った。「早く帰りたいなんてあなたがおっしゃるとは思わなかったのに！」

グラントはふっとため息をもらすと、口もとを意地悪そうにゆがめて笑った。そして、かがみ込むように彼女の手を取った。「きみは魔女だよ。行こう」

リズは挑発するようなことを言った自分自身に驚いていた。ワインのせいもあって、まだ頭がふらふらするが、そのためにいっそうこわいもの知らずになっていた。

5

リズは、革張りのヘッドボードのついた大きなベッドをじっと見てから、化粧台に座り、必要もないのにやたらととうもろこし色の髪にブラシをかけた。こわかったのだ！　追い詰められた兎のようにびくびくしていた。顔色は青ざめ、目は気遣わしげに見開き、ステイシーから贈られたピンク色のレースのネグリジェの下では、全身がバイオリンの弦のように細かく震えていた。

リズはいまやグラントの妻なのだ。その証拠に左手の薬指には結婚指輪が光っている。ありきたりの金の婚約指輪とちょっと凝った結婚指輪が手に重く、これからグラントとベッドをともにし、人生を分かち合うのだという思いと同時に、なにかなじめない感じもするのだった。初夜の花嫁はだれでもこうなのかしら？　不安でいら立ち、愛し合うことがこわいと思うのも、普通なのだろうか？

突然ドアが開くと、グラントが灰色の高価そうな絹のローブをまとって立っていた。その瞬間、リズの心臓の鼓動は高鳴った。そして透けて見える自分のネグリジェ姿に、彼の灰色の瞳が欲望の色をちらつかせるのを、はっきりと意識した。官能的なその目つきに体が熱くなっていた。グラントはほかの世界から自分達を切り離そうとするかのように、うしろ手でドアを閉めた。かじかんだ彼女の手からブラシが落ち、耳障りな音を立てた。拾いあげようとすると、その手は彼に握られていた。

「こわいなんて言うんじゃないだろうね？」グラントはからかうような調子だ。

気取っている場合ではなかった。リズは彼のV字型のえりもとにのぞく胸毛から目をそらした。「こわいの」

「じゃあ、レストランでのきみのあの挑発的な態度はなんだったわけ？」

「シャンペンをいつになくたくさんいただいたから、つい向こう見ずになってしまって」

「ところが、いまはおじけづいている」

「わたし、男の人とベッドに入るのは初めてだもの」リズは弁解していた。

「それをぼくが知らないとでも思っているの？」グラントの口調が少しやさしくなった。

「あなたをがっかりさせるんじゃないかと心配で」

グラントは彼女の首筋から急勾配に切れているネグリジェのネックライン沿いに指をすべらせた。その指が胸の谷間をうかがったとき、リズははっと息をとめた。だが、彼はすぐ指を引っ込め、あえぐ彼女の首筋へその手を戻した。

「がっかりなんかするものか、リズ」グラントの声は深く低く、声そのものが愛撫のようだった。

「どうしてわかるの？」

「きみが考えているよりずっと、きみのことがわかっているせいかな？」

グラントはネグリジェのリボンを引っ張った。胸もとが開き、同じように透けるような薄い肌着が現れた。リズはあえぎ、のども詰まらんばかりだ。ネグリジェが足もとにすべり落ちた。彼女は髪の毛のつけ根から足の先まで真っ赤になった。

「恥ずかしがっているんだね。信じられない」グラントは軽く笑い声を立てた。

「あの……明かりを消してくださる？」

「そのほうがよければ、そうしよう」

彼はドアのそばのスイッチを切った。突然暗くなったが、それでもリズはどこかにかくれたい気持だった。だが、グラントはすぐ近づいて来て、唇を求め、ネグリジェと同じように、肌着も脱がしていた。

暗がりとはいえ、リズはもうなにも肌にはまとっていない。彼に触れられて、全神経がわき立ち、恥ずかしさで体が震えている。しかし彼の手が胸のふくらみに近づくと、たまらなくなって、両腕をグラントの首にまきつけた。

彼は手をリズの腰に移し、彼女を引き寄せた。だが、なにかいら立たしそうにうめくと、体を離し、ローブのベルトをはずした。彼女は生まれて初めて男性と肌と肌を合わせていた。かすかに〝あっ〟とうめき声をもらしたが、その口もふさがれた。

リズは朦朧（もうろう）とし、押し込められていた本能が堰（せき）を切って奔流するように、夢中になって彼にこたえていた。もはや考えることはできず、感覚だけが残っていた。宙に浮いているように感じたとたん、冷たいベッドのシーツの上に寝かされていた。

「グラント？」リズは不安になって声を出した。彼は寄りそって、彼女を引き寄せた。

「うん……？」彼はうわの空でつぶやき、胸のまわりに唇をはわせた。その感触に刺激され、リズはかつて経験したことのない欲求がじいんと体に突き刺すのを感じていた。

「ああ、グラント、愛しているわ！」言葉がこぼれ、リズは彼のひたむきな求めにこたえて、すべてを捧げた。

次の朝、目をさましたとき、リズは一瞬自分がどこにいるのかわからなかった。一晩中彼の腕に抱かれていたのに、いまはベッドにただ一人だ。きのうグラントは彼女がこわくなって逃げ出すのではないかと心配しているかのように、太ももを重ね、腕を腰にまきつけていたのだ。

ゆうべのことを思い出して、リズは顔がほてった。この体の隅から隅まで、もう彼の知らないところはない。彼女はたしなみも忘れて、情熱のままにひたすら彼に肌を寄せていたのだ。二人は一緒に頂にのぼり、彼女は想像もしなかったその激しさに自分でも驚き、ただ身震いするだけだった。

いま思い返してみると、リズは恐れおののいていただけではなかった。のぼりつめたあと、グラントにやさしく抱擁されたときには、とろけるほどの温かい安らぎを覚えたものだ。恥ずかしさも忘れて、頭を彼の肩にあずけ、平静な彼の心臓の鼓動を聞きながら、眠りに落ちた。

リズはあくびをしながら背伸びをし、ふとベッドのそばの時計を見た。もう八時半だ。あわててとび起きると……わあ、何も着ていない！　とっさにシーツをかき寄せたが、すぐ一人でに笑いだした。裸だからといって、白い壁以外にはだれも見ているものはいないのだ。彼女はシーツを投げ捨て、スーツケースを引っかき回して、古いハウスコートを捜し出した。まだ荷ほどきもしていないが、それはあとにしよう。彼女はバスルームに入った。

三十分後、リズは湯あがりにベージュ色のスラックスとエメラルドグリーンのブラウスを着て、キッチンに乗り込んだ。パンをトースターに入れ、朝食の用意をしていると、日焼けした毛むくじゃらの腕が腰にまきついてきた。リズはびっくりしてとびあがった。

「黙って入って来るなんて、ひどいわ」リズは笑いながら文句を言い、誘いかけるように顔をあげた。

グラントは味わうようにゆっくりキスした。

「楽しい夢を見たかい？」

「夢なんかちっとも見なかったわ。だれかにハンマーでなぐられたみたいに、ぐっすり眠ってしまったの」

「ぼく、そんなにひどくきみを痛めつけたかい？」

グラントの茶化すような目つきに、リズはほおに血がのぼり、彼の胸に顔をうずめた。

「きみの照れるところがたまらないよ。いままで毒舌の陰にかくしていたんだね」

「もう、ばれてしまったでしょう」

「そう、すっかりわかったよ。ほかにもいくつか発見したよ」

「よかったこと!」リズは皮肉を言ったが、トーストが焼きあがって、パンがぽんととびあがった音がしたので、グラントから離れようとした。

「ほうっておけばいい」そう言うなり、彼は顔を近づけてきた。

リズは抵抗できなかった。グラントの巧みな唇と手の動きにとろけていた。わたしがこの人を愛しているように、彼もわたしを愛している、と信じ込もうとしていた。

朝食を始めたときには、トーストは冷たく、オムレツも少し硬くなっていた。だが、グラントは不平も言わなかった。リズも食べ物のことはどうでもいいくらい幸せな気持だった。

彼女がコーヒーを注ぐと、グラントが言った。

「良い天気だね。弁当でも作って、川沿いにピクニックに出かけようか? 奥さんの侍医の指示で、足の訓練をしなくちゃならないし」彼はいたずらっぽく笑いかけた。

「もう松葉づえもいらないし、少し威張って歩くのもいいかもしれませんわね」

「きょうはだれかさんに威張られたくないな」グラントはわざとまじめな顔をして、ぶつぶつ言った。

「それより、ピクニックに出かけるというのは?」

「名案よ」リズはうれしそうに応じた。

二人は川沿いをさかのぼって、川が樹木に覆われて小さな湖のようになっているところまで、ぶらぶら歩いた。暖かい日曜の朝で、草木の匂いがぷんぷんする。柳とミモザの木の下のくさむらに体を投げ出したときには、二人ともすっかりおなかをすかせていた。

チキン・サンドイッチとビスケットを食べ、すず製のコップでシャンペンを飲んだ。なんだかちぐはぐだが、リズは楽しくてしかたがない。グラントも昔の彼に戻り、いっそう彼のことを好きになったほどだ。日焼けして生き生きとしていて、しかもくつろいでいる。髪に白いものがまじっていなければ、カレンダーを六年前に戻したようだった。リズは彼の体に寄りそっていたかった。しかしその勇気もなく、彼のそばにごろりと横になって、上から彫りの深い顔をのぞき込んだ。彼は目を閉じていた。その唇にふと、口づけしてみたい衝動に駆られた。しかし、きのう結婚したばかりのデリケートな気分の彼になれなれしくするのは、ためらわれた。彼を愛してはいても、愛情をあまり押しつけてはならない、と自分を抑えた。

グラントが身じろぎして、目を開けた。リズはさっと目をそらして、思いついたことを口にした。

「ねえ、わたしは十六歳のころ、あなたが世界で一番ハンサムだと思っていたのよ」

「いまは錯覚だったと思っているんだろう？」

「いいえ、いまでも世界一ハンサムだと思っているわ」リズは冗談めかして、しかし正直に答えた。

グラントは大声で笑った。日焼けした顔に白い歯が際立ち、目尻にしわが寄った。

空白だった六年間のへだたりがなくなっていた。

「そんなふうにもっと笑ったほうがいいわよ」

「きっと、ぼくをいつもおもしろがらせてくれるんだろうね」

「最善を尽くしますわ」リズがかしこまって約束すると、グラントがほおに手を触れようとした。彼女はその手を両手ではさむと、彼の傷を確かめた。

「グラント……この手の傷のことだけど」

彼はさっと手を引っ込め、上体を起こした。「その話はやめだ」

「でも……」

「やめだと言ったろう！」

彼の腹立ちと不快感がわかって、リズも上体を起こしたが、口もとには負けん気が表れていた。「弱音を吐くのはやめて、グラント」

彼の目が氷のように冷たく光った。「なんだって？」

「臆病にならないで、と言ったのよ」

「なんてことだ。ぼくは……」グラントの顔は怒りでゆがんだ。

「これを見てごらんなさい！」リズはひざで立ち、彼の両手首をつかんだ。彼の右手は左手と同じように小枝をしっかり握り締めていた。「あなたがご自分の手足の回復に気づいていなくても、わたしにはわかるわ。それでもなお、けがの話がいやだとおっしゃるのなら、あなたは弱虫だけではなくて、ばかだわ」

リズはつかんでいた両手を放し、シャンペンのボトルやコップをリュックサックに詰め始めた。

彼は目がくらんだようにぼうっとそれを見ていた。

「なにをしているんだ？」

「あと片づけよ。もうおうちへ帰ったほうがいいから」

「リズ」グラントはうめくように声を出すと、彼女を腕の中に抱き寄せた。「ぼくにとっては、きみはいつも刺さったとげみたいに悩みの種だった。いままではつまみ出せばよかったんだが、これからはずっと、つまみ出すわけにもゆかない」彼は自嘲気味にそう言って、リズの気遣わしげな大きな瞳をのぞき込んだ。

「あなたがだちょうみたいに砂に頭を突っ込んだままでいるのを見ても、わたしはなにもせず、あなたの医者としての将来についても、手をこまねいていればいいわけ？」

「ぼくにはもう外科医としての将来はない。そりゃあ、手も少しは回復した。最初考えたほどひどくやられたわけじゃないのかもしれない。しかし、手術ができるほど完全に治るという保証はなにもないんだ、そうだろう？」

リズは彼の表情をじっと見つめていた。髪が広い額からうしろへなびき、高い鼻、そしてときには悩ましくなるきりっとした唇が、意志の強そうな四角いあごの上に並んでいる。しかし目だけは苦悩に満ちていた。彼女はむしょうにいとおしくなり、腕を彼の首にまきつけてあげたいと思った。だがいまは同情を見せるときではない。

「患者に手術の成功をまったく保証できないまま、あなたは何度も手術に取りかかったことがあるでしょう？　あなたを助けようとしている人に、あなたは保証書を書くように要求なさるの？」

グラントはなにも答えず、じっとリズを見つめた。そして激しくキスをして、彼女を振りほどいた。

「この問題はもう十分話し合った。行こう」

コテージへの帰り道、二人ともなにか口にしかけたのだが、言葉が出てこなかった。あれほど意志の強いグラントがなぜ敗北感にとらわれているのか、リズはそのわけが知りたかった。彼に説明してほしかった。

その夜、彼はリズのとなりにやすんでいながら、手を触れようともしなかった。彼女はとうとうがまんができなくなり、明かりをつけて上体を起こした。

「ごめんなさい、グラント、きょうまたひどいことを言ってしまって」

彼はほぞを固めたように顔を向けたが、なにも言わない。

「お願いだから、なんとか言って！　わかったとか、謝ってもだめだとか、ねえ、なにか言って」

「わかったなんて、ぼくはなかなか言えない人間なんだ。それに、仕事をしているときに、監督みたいにうしろにだれかが立って見ているのは、好きじゃない」

グラントは枕の上に体をずらして、たばこに火をつけた。「ぼくの手の機能がいくらか回復していることをきみは教えてくれた。しかし、喜んでもいいと自分で確信が持てるまでは、ぼくは興奮したりはしない」

リズはぽかんと口を開けた。「じゃあ、わたしのことをおこっていらっしゃるわけじゃないのね？」

「うん」グラントはかすかにほほ笑み、透けて見える彼女の胸のふくらみに目をやった。「考えごとをしていただけだよ」

「わたしの言ったことで？」

「そのほかにも……」

「それを話してはくださらないの？」グラントが首を横に振り、じれったくなるあのかすかな笑みを浮かべたので、リズはこぶしで彼の胸に打ってかかりたいほどになった。「どうしてわたしは除け者なの？　あなたが考えたり、感じたりしていることを、どうして話してはくださらないの？」

「話してあげるよ」グラントは彼女を引き寄せて自分のそばに寝かせた。「きみは、おこると、とてもきれいだよ。つい抱きたくなってしまう」

「やめて。まじめに答えて」

「ぼくはまじめだよ」彼はリズのナイトドレスのリボンをはずし、首筋から肩にかけて、官能的に軽く歯を当てた。

「グラント、わたし達は話し合わなければいけないわ」ナイトドレスを脱がすグラントの柔らかい手の感触に負けて、彼女の声は弱々しかった。

「話すのはあしたにしよう」彼はくぐもった声でそ

う言うと、唇を重ねてきた。リズは彼の激しい情熱に押し流されていた。

男性的な匂い、愛のつぶやき、彼女はたまらなくなって、声をあげた。なにをしているのかもわからずに、グラントの筋肉質の背中や細い腰を夢中になって愛撫していた。彼のなめらかな肌に触れるのはいい気持だった。突然彼が重なってきた。前の晩ショックだったことが、いまは満ちたりた気分だった。

その夜もリズは彼の肩に頭をあずけて寝た。とうもろこし色の髪が彼の腕から枕へとこぼれている。幸せでたまらなかったが、心の奥底には、この幸せは石けんの泡のように消えてしまうのではないか、という不安がまだ残っていた。

新婚の最初の二週間は、リズが望んでいた牧歌的な毎日とはかならずしも言えなかった。三週目も初めは同じような調子で、グラントはしばしばむっつりして、考えごとに耽っていた。彼女がきき出そうとすると、彼は出て行ってしまい、なにごともなかったかのように、遅くなって帰って来るのだった。リズは欲求不満で発狂しそうだった。話しかけていいのかどうかわからずに、いらいらし、わけもなく彼にがみがみ言ってしまったりした。

三週目の火曜日の夜、グラントは食後のあと片づけを手伝っていたが、突然リズの方を向いた。

「今週末にヨハネスバーグへ帰ろうと思うんだ」

彼女はびっくりし、背中に氷の塊を入れられたように身震いした。「わたしはどうなるの?」

「もちろん、一緒に行くんだよ」

「あら?」

「ぼくがきみを残してゆくと思ったのかい?」グラントはじっと彼女を見つめ、短く笑った。

「そんなふうなおっしゃりかたなんだもの。いつそうお決めになったの?」リズはしだいに腹が立ってきた。

「けさだ」彼はたばこに火をつけると、テーブルに寄りかかって、煙を天井に吹かした。

「どんな計画なのか、うかがってもよろしい？　それともきいちゃいけないの？」

「当然、きみには知る権利があるさ。ぼくの妻だろう？」

「このところ、わたしを家具の部品みたいに扱っていらしたから、そんなことをおっしゃるなんて、驚きだわ」

「どうするか決めなきゃならない大事なことがいくつかあったんだ」

「それはわかりますけど、でも……」

「でもって？」

リズは下唇をかんで、かぶりを振った。「大したことじゃないの。だから、もういい」

「きみはなんでも正直に話して、そんなに遠慮したことなかったじゃないか。言ってごらん？」

からかわれて、リズはいっそういら立ったが、なんとか声を抑えて言った。「あなたを愛しているわ、グラント。だから、わたしの感情であなたを閉口させたり、わずらわせたくないの。だけど、あなたには、そういつもわたしを締め出しにしてほしくないわ」

「締め出しって？」

「そうよ」手の震えを見せないように、リズはうしろの食器棚をつかんだ。「あなたの考えや希望や不安からわたしを締め出していらっしゃるわ」

「冗談じゃないよ、リズ！　自分の心によぎるちょっとしたことでも、全部きみに打ち明けろって言うのかい？」

「もちろん、そんなことは言っていないわ。だけど、大事なことは話してくださってもいいはずよ」

「いったいきみは、いまぼくがなにを考えている、と思っているんだ？」

「ヨハネスバーグへ移ることを考えてらしたのなら、わたしにも相談してくださってもいいのに」

「困ったもんだ！」グラントは立ちあがり、怒りに目を細めて、リズをにらみつけた。「口やかましい女を背負い込むなんて、ぼくはいやだね！」

〝妻〟という代わりに、〝女〟という言葉を彼が使ったので、リズはかっとし、彼の顔が赤くぼんやり見えたほどだった。「おあいにくさまよ、グラント！　夜になったらベッドに連れて行かれる女には、わたしはなりたくないわ。わたしはあなたの妻でありたいし、苦楽を分かち合いたい、と願っているだけよ。それぐらいのこと期待してもいいはずだわ」

しらけた沈黙が流れた。やがてグラントが不気味なほど静かな声で言った。「言いたいことはそれだけかい？」

「ええ」リズの声はしゃがれていた。

「よく聞いておくんだ！」彼は額に浮かぶ冷や汗が見えるほど顔を近づけた。「きみに求婚したとき、ぼくはぼくにできることをはっきり言ったはずだ。その条件できみは結婚を承諾した。その結婚がいやになったのなら、出て行くんだね。ぼくはかまわん！」

グラントはドアをばたんと閉めて夜の闇に消えて行った。ドアの音がリズの耳をつんざいたが、〝出て行くんだね〟という言葉が心にぐさりと刺さったのに比べれば、なんでもなかった。確かに彼の言うとおりだった。わたしは求婚の条件を受け入れた。その条件をほごにするような言い方をわたしはしたのだ。出て行くんだね、と彼は言ったが、ほんとうにそう思っているのだろうか？　それとも、怒りにまぎれてとび出した言葉なのだろうか？

リズは身震いした。だが、涙はのどにつかえていて、ふっと息を吐き出すまで、出てこなかった。彼女は椅子に腰を下ろし、自分自身をさいなんだ。彼は本気だったのだろうか？　ステーションワゴンに荷物を積み込んで、出て行かねばならないのだろうか？　グラントはそうしてほしいのかしら？　そんなことはないわ……いや、そうかもしれない……まさか！　どうすればいいか、わからなかった。

　リズは裁縫箱を取り出し、彼のシャツにボタンをつけ始めたが、しょっちゅう壁の時計に目をやった。もう一時間になるが、彼はどこに行ったのだろう？　暗がりでなにをしているのかしら？

　そんなことばかり心配しながら、リズは機械的にコーヒーをいれた。気が狂いそうだ。コーヒーカップを両手にし、考えないようにしようと努めるのだが、むだだった。

　裁縫箱を片づけ、時計を見ると、もう二時間もたっている。グラントは二時間も帰って来ないのだ！　リズは疲れていたが、彼が帰って来るまでは、眠れそうになかった。

　彼女は熱いおふろに入って、緊張と不安をときほぐそうとした。香料入りのお湯に浸かっていると、重い足音が聞こえてきた。彼女は出ようとして、タオルに手を伸ばした。バスルームのドアがさっと開いた。

　グラントが立っていた。リズはタオルをまきつけ、心配そうに見あげたが、彼の髪はばさばさで、呼吸も少し乱れている。顔色も青ざめていた。だが、すぐに彼のこわばっていたあごがゆるみ、目がなごんだのを、彼女は見逃さなかった。

　グラントはドアを閉め、タオルでやさしく、まるで子供にするように、リズの体を拭き、木綿のローブを着せかけた。

「出て行ったのじゃないかと心配だった」彼女がローブのボタンをかけるのを見ながら、グラントは言った。

「わたし、あなたをおこらせてしまったのね」気持と裏腹に、リズの口調は落ち着いていた。

グラントのほおがちらっと動き、目と目が合った。リズは彼の腕に抱かれていた。なにも言わず、二人はしっかり抱き合った。リズは、〝愛しているわ〟とさえ言えばよかったが、その言葉はのどに引っかかって、出てこなかった。グラントがそんなことを言うはずもなかった。彼はリズを求め、必要とはしているが、愛してはいないのだ。


朝の紅茶とおしゃべりにステイシーの家を訪ねると、ステイシーは大喜びだった。彼女はホールの引き出しから封筒を取り出した。「パメラからあなたあてのお手紙よ」

「ありがとう」リズはそれをハンドバッグにしまった。

「読まないの？」

「あとで読むわ」そう答えながら、リズはステイシーのあとからキッチンに入った。紅茶をいれながら、ステイシーはロザリーが夜むずかるのをぼやいた。リズは黙って聞いていたが、ようやく口を開いた。

「グラントとわたしは金曜日にヨハネスバーグへ発つの」

ステイシーはびっくりしていた。「ずっと、それとも旅行？」

「ずっとよ。グラントは同僚の医師に会って、手が完全に回復するかどうか、確かめてみたいんですって」

「その可能性があると思うの？」

「わたしは確信しているの、彼はまた手術ができるようになるって」リズはためらいもなくそう言ったが、ステイシーはまだ疑わしそうだ。

「そんな希望を持たせて、結局は最初の診断が正しかったことがわかったら、グラントが今度こそどうなるか、考えてみたことがあるの？」

「そんなことは考えたくもないわ」リズは内心ぞくぞくした。

「考えなきゃならなくなるかもしれなくてよ。完全には治らないことがわかったら、これからどう生きてゆくか、彼に教えなければね」

「彼がそうさせてくれれば、なにかお手伝いができると思うわ」

「彼がそうさせてくれればって、どういう意味?」

「グラントは自分のしたいようにしかしないもの」

「ふうん……わかるわ」ステイシーはそうつぶやいて微笑した。リズの気持を理解している感じだった。

「きょううかがったのは、実はお願いがあるからなの。わたしのステーションワゴンは旅行には大きすぎて手に負えないから、もっと小型の車を買ってあげる、とグラントが言うの。ワゴンを残していったら、アンガスに売ってもらえるかしら?」

「だいじょうぶよ。それで、売ったお金はどうするの?」

「どこかへあずけておいてもらえばいいわ。いつか必要になるかもしれないでしょう」

ステイシーはまゆをひそめた。「グラントのようなお金持と結婚して、変なことを言うのね」

「人生には雨の日だってあるわ」リズは将来の不安を説明できなくて、そんな言い方をした。

「なにかかくしているんじゃないでしょうね?」

「あら、もう行かなきゃならないわ」リズはごまかした。「山ほど買い物があるの。出発までは大忙しよ」

ステイシーの家を出てからも、リズは悩んでいた。グラントとの結婚生活にどんな不安があるのか、彼女は自分でもわからなかった。いくら考えても、答えはすぐには出てこないのだ。

6

リズがパメラの手紙を読んだのは、その日の午後だった。ペンが必要になって、ハンドバッグを捜しているうちに、手紙が入っているのに気づき、すぐ指で封を切った。

〈愛するリズ〉なつかしいパメラの筆跡だ。〈ステイシーからの手紙で、グラントと結婚したことを知りました。あなた自身から知らせてほしかったけど、忙しかったのでしょう。そばかすだらけの妹が近所の男性と結婚するなんて、だれが想像したかしら？　しかも、彼がその相手とはね！〉

リズはにやりとして、ベッドの上で身じろぎし、読み進んだ。〈おめでとう、リズ。だけど、あの一風変わった魚をうまく釣りあげたお祝いをする前に、ひと言わたしの忠告を聞いてね。マイラに注意すること。彼女は手を触れるとかぶれるうるしみたいなものだから。一度食いついたら、決して放さなくてよ。わたしの友達が一週間前パリでマイラに会ったの。彼女、大甘のおじいちゃんとも切れて、ぶらぶらしているらしいわ〉

リズは血管に氷を注入されたように全身がひやりとした。しばらく窓の外をぼんやり見つめていたが、勇気を出して読み続けた。

〈あなた、マイラが突然現れても、驚いちゃだめよ。彼女はきっとグラントにまたモーションをかけるわ。一度は彼を手に入れたものだから、よりを戻せると思っているはず。彼女はずるい人よ。あなたもグラントと別れたくないのなら、同じようにやることね。幸運を祈ってるわ。パメラ〉

リズはひどく手が震え、手紙が床に落ちてしまった。気分が悪く、すぐには動くことができなかった。けれどもサム・ミューラーに会いに行っていたグラントが帰って来たようすなので、あわてて手紙を拾い、びりびりに破いた。まるでマイラの存在を否定し、自分の結婚の邪魔をさせないよう念じているかのようだった。しかし、心の動揺を抑えることはできなかった。

破り捨てた手紙を集めて紙くずかごに入れたとたん、グラントが部屋に入って来た。

リズの青ざめた顔色と震える手を、彼はじっと見た。「どうしたの、リズ？」

パメラの手紙のことを知られてはならなかった。リズは生まれて初めてうそをついた。「少し疲れているの」

「それだけかい？」

彼女はにっこりしようとした。「たいしたことじゃないわ」

いまのところは、とつけ加えてもよかったのだが、リズはそうは言えなかった。グラントがベッドを指して言った。「横になっているといい。紅茶を持って来てあげよう」

ベッドに横になり、グラントに世話をやかせているうちに、リズは詐欺を働いているような気持になってきた。ほんとうのことをしゃべってしまいたかった。

彼はからになったティーカップを片づけながら言った。「きみの荷造りの早さだと、あしたの朝を待たずに、すぐにも出発できそうだね」

「わたし、ぐずぐずするのがきらいだから」

「自分を詰めるのを忘れないでくれよ。ヨハネスバーグに着いて、どのスーツケースにもきみが入っていなかったら、大変だ」

「まあ、おかしな人！」リズは笑って、彼のあごにパンチを食らわせるまねをした。

「笑ったね？」

二人の視線が合い、リズの笑顔は消えた。のんきにふざけあっていられるのも、つかの間のことなのでは……。彼女はさっと上体を起こすと、両腕を彼の首にまきつけた。

「ああ、グラント！　しっかり抱いて。わたし、こわいの」

彼はあやすように腕を回したが、おかしさをこらえて、のどがかすかに震えていた。「こわいのはきみじゃなくて、ぼくのほうだよ」

リズはなにも言わず、彼の温かい体に安らぎを求めるかのようにしがみついた。どうして彼にわたしの不安が話せよう？　マイラがヨハネスバーグに帰って来たら、わたし達の将来がどうなるのか自信が持てないと、どうして伝えられよう？　できやしない！　それより、彼の手の傷のことが心配なのだ、と思わせておくほうがいい。

ヨハネスバーグのグラントの住居は樹木や広い芝生に囲まれた二階建ての邸宅で、白いコートを着た召し使い達がどこからともなく現れて、車とそのうしろにつけたトレーラーから荷物を降ろし始め、まるで最高級ホテルに着いた感じだった。

外観と同じように、内部も堂々としていて、リズが抱いている個人の家庭というイメージとはおよそかけ離れていた。ガラスやクロムめっきの家具調度は超近代的で、リビングルームの椅子はさまざまな形のお手玉を大きくしたようだ。いたるところに鏡があって部屋を広く見せ、床にはあら毛のふわふわしたカーペットが敷き詰めてある。どの部屋にもウルトラモダーンな絵が飾ってあり、その色は明るく調和しているのだが、いいセンスとは言えなかった。リズは最新流行のインテリアを紹介する雑誌のページをめくっているような気がした。きれいですばらしいのだが、人間が暮らしているという生活の実感に欠けていた。

「この広さの住居をどうやって一人で使いこなしていらしたの？」

そうきいたとたん、リズはしまった、と思った。グラントはマイラとここに住んでいたのだ。それに気がつかないなんて、なんと間抜けなんだろう。マイラの痕跡はいたるところにあり、なかでも鏡の配置でよくわかった。彼女は美しく、男性の賞賛のまなざしが好きだったが、自分自身の姿を眺めてうっとりともしたかったのだ。あちこちに鏡があれば、自分の姿はよくわかるし、たとえ男性がうしろにいても、彼のほれぼれした目つきを見逃すことはないのだ。

だが、その鏡に映るグラントの瞳はリズにたいする軽蔑を示しているだけだった。彼女はぶるっと震えた。なぜわたしは、美しいマイラ・キャベンディシュの思い出の詰まっているこの家に、グラントと一緒に住まなければならないのだろうか？

大きな寝室に入って、リズはうさんくさそうにまわりを見回した。一つの壁は全面鏡張りで、天井にも鏡がある。モザイク模様のハート形のバスタブのあるバスルームも鏡張りで、幻想的な雰囲気だ。いかにも女っぽく、マイラの寝室であったことが、リズにはすぐわかった。グラントはこの部屋でマイラと夜を過ごしたのだ。ああ、神さま！……こんな部屋にはいられないわ！

リズの気持を察したのか、グラントが声をかけた。

「寝室は廊下の反対側の続き部屋にしよう。ここよりせまくて、日当たりも悪いけど、そうけばけばしくないから」

その続き部屋に案内されて、リズは救われた気分になった。窓からは卵形の大理石のプールとテニスコートが見え、室内には必要もない鏡とかあら毛のカーペットはない。色彩はブルーとホワイトに統一され、家具もしっかりした木造りだった。バスルームも普通の白いタイル張りで、彼女は初めてうれしさを感じた。

「ええ、気に入ったわ」

「そうだと思ったよ。スーツケースをここに運ばせるよ。あとは下の小さな居間に運ばせよう。居間はきみなりに模様替えをして、書斎に使うといい」

「ありがとう、グラント、それから……」グラントが部屋を出て行こうとしたので、リズはそでを引っ張った。「早くすませてらしてね」

「この建物、気に入らないんだろう?」彼はからかった。

グラントがこの家とは言わず、建物と言ったので、リズはうれしかった。おうちとか家庭と言えるのは、この続き部屋ぐらいしかないからだ。

「そうね、あまり好きじゃないわ」

「そのうちほかを探すことにしよう」彼はリズのあごを指でとらえて、軽くキスした。「すぐ戻って来るよ」

リズはその間にシャワーを浴び、ピーターズバーグからの長旅の疲れをいやすことにした。

バスルームから出ると、グラントが待っていた。スーツケースがすでに運ばれ、きちんとベッドのうしろに置いてある。だが、荷ほどきはあとにして、リズは彼の腕に手を通し、お茶にするために階下へ下りて行った。背が高く均整のとれたグラントの姿を、鏡が映している。金髪で細身のリズの頭は彼の肩ぐらいにしか届いていない。憎たらしい鏡だが、彼女は目をそらすことはできなかった。彼の姿はブロンズの彫刻のようだ。もはや足を引きずることもなく、長くしなやかなコンパスを、彼女に合わせて歩幅を縮めている。この男性が自分の夫とは信じられなかった。鏡に映る自分の姿を見ても、なぜ彼が結婚の相手として選んだのか、わからない。マイラに比べれば平凡すぎて、細く直線的な容姿はとても男性を狂わせてしまうとも思えない。だが、リズは二つのことを見逃していた。口もとは柔らかで上唇が情熱的なカーブを描き、褐色の瞳は金色がかって澄んでいた。その目は彼女の心の窓であり、グラントがのぞいてさえみれば、男性が生涯をかけて探し求めるものをそこに見出したであろう。

出された紅茶をカップに注ぎながら、リズの顔がまた引きつった。カップが普通の磁器ではなく、マイラ好みのモダンな陶製だったからだ。彼女はそのカップを目ざわりな鏡の壁に投げつけたかった。

紅茶を飲み、会話がとぎれたとき、リズは言った。

「荷ほどきをしてきますわ」すると、グラントは彼女の手を取って、庭へと案内した。

「荷ほどきは召し使い達にやらせてるよ」

リズは奇妙な感じがした。生まれて初めて、自分の衣類の世話をほかのだれかがしているのだ。それでいいのかどうかわからなかったが、彼女はとりあえず気にしないことにした。

庭園は広く、緑や金や朱の秋の色に染まり、冷たい風が落ち葉を散らして、あたり一面が色鮮やかなじゅうたんを敷きつめたようだ。リズは風で髪が乱れるので、首にまきつけていたスカーフをはずし、髪を束ねようとした。

「そのままのほうがいい。きみの髪が風にそよいでいるほうが好きだ」グラントはスカーフを取り、自分のポケットに押し込んだ。

「だって、くしゃくしゃになるわ」

「スカーフで結んでポニーテイルにすると、昔の〝恐怖のリズ〟になってしまう。髪を束ねないと、ずっと年下の娘を妻にしたという感じがしなくていい」

「まあ、お気の毒ね。わたしって、あなたをお年寄りに感じさせるのかしら？」リズはからかった。

「ぼくが年を感じるってことじゃないんだ。問題はきみが若すぎるってことなんだ」グラントは手を背中に回して、リズを引き寄せた。

「六年前にそれをおっしゃるのなら、わかったかもしれないわ。でも、あのころはわたしは子供で、あなたは振り向いてもくれなかった」

「いや、そんなことはない」彼は軽くキスしながら、のどの奥でくっくっと笑った。「ぼくがパメラをなんとかしようとする度に、きみは邪魔をした。ときにはきみの首を締めてやりたいくらいだったよ」

「パメラだけじゃなくて、あなたは世界を征服しそうな勢いだったわ。あなたの男性としてのエゴが傷つかないようにするのが、大変だったのよ」

グラントは手をあげ、笑ってリズの目をのぞき込んだ。「パメラとはうまくゆかない、と想像してたのかい？」

「想像してたんじゃなくて、わかっていたの。パメラはいつも男の人といちゃついていたけど、セックスについては厳しかったから」

「なにかわけがあって、パメラはぼくにたいしてもそのはずだと考えたんだね？」

「わたし達三人姉妹は外見は似ていて、中身はまるで違っているようだけど、一つだけ共通点があったわ。愛していなければ、男性になにもかも許すのはいけないことだし、セックスは結婚してからって決めていたことよ」

「婚前交渉を認めないなんて、時代遅れだよ」グラントはからかった。

「そう考えていらっしゃるのなら、結婚する前にどうしてわたしをベッドに誘ってごらんにならなかったの？」

グラントは急に彼女を放し、背を向けて乱暴に言った。「女性とそんな関係になるのはもうあきあきしたからさ。ぼくはゆるぎのない落ち着いた結婚がしたかった。きみとなら、そんな結婚生活が送れると思ったんだ」

リズはうれしくて胸が熱くなり、やさしさが目にあふれた。「その言葉、わたしには最高の贈り物」

グラントは口もとをゆがめた。「そんなつもりじゃないよ」

「でも、そう取ってもいいでしょう?」

「かまわないけど」

リズは彼の言葉をプレゼントとして受け取ることにした。彼の腕にぶらさがって家の中に入りながら、グラントが彼女のことを落ち着いた結婚生活を与えてくれる女性と考えていることが、ありがたかった。将来に不安があっても、彼のその気持を頼りにしてゆけばいい、と思った。

リズはなにもすることがないような気がして、途方に暮れていた。スーツケースは開けられて、衣類はすべて造り付けの戸棚に片づけられていたし、グラントは台所仕事をする必要もないと言うのだ。いったいマイラは一日中なにをしていたのかしら? しかし考えてみれば、マイラはモデルの仕事で忙しかっただろうし、この家はやすむために帰ったり、お客さまをもてなすところだったのかもしれない。

マイラのことなんかどうだっていいわ! リズは考えないことにしたが、そうは問屋がおろさなかった。玄関ホールに置かれた仏像から、高価で強い香水の移り香まで、いたるところに彼女の痕跡が残っているのだ。ほかの女性の匂いがぷんぷんするこの鏡の家に、どうしてグラントはわたしを連れて来たのだろう?

夕食は五品も出た——小えびのカクテル、セロリのスープ、魚のスフレ、見たこともないほど青いグリーンピースをそえた子牛肉の料理、それに小さな焼きじゃがだった。彼女は自分がキッチンですることまごました料理が恥ずかしくなった。食後にはバタースコッチ・ソースをかけた軽いスポンジケーキとチーズにビスケットが出た。

コーヒーをリビングルームで飲み、二階の寝室にあがったころには、リズは精神的にすっかり疲れていた。流しに汚れたお皿などを山ほど積んで、コーヒーカップを片手にキッチンテーブルのまわりでわいわい騒ぐ世界とは、まるで違っていたからだ。なにか大事なものを失ってしまったような気がして、悲しかった。

リズがバスタブに浸かっている間に、グラントはシャワーを浴び、彼女がバスルームを出ると、彼はベッドに横になってたばこを吸っていた。このところ彼のたばこの量が減っていたので、リズは喜んでいたが、いまはたばこのことより、彼の広い胸のほうが気になった。シーツの下には筋肉質の細い腰や、太ももやふくらはぎのあることがわかっていたからだ。右の太ももの外側には切開手術をした跡もある。手も同じように治ってくれればいい、と彼女は祈った。

グラントのたくましい胸もとから目をそらして、リズは夢中になって髪にブラシをかけた。そうしながらも彼に見られていることはわかっていた。

「童話を書く時間がうんとありそうね」

「童話を書いてもいいし、有閑婦人らしくのんびり過ごしてもいいよ」グラントは退屈したように答えた。

「有閑婦人なんてぴんとこないわ」リズはブラシを置いて、ベッドに歩み寄った。「同僚のお医者さまとはいつお会いになるの？」

「金曜日の朝一番だ」

「わたしも一緒に行っていいかしら？」リズはローブを脱ぎ、グラントのそばへ体をすべり込ませた。

「医者の前に出ると、ぼくはだれかに手を握っていてもらわないと、だめみたいな言い方だね？」

「ほんの少しでもあなたの気持を支えてあげたいって思う人がそばにいたって、邪魔にはならないはずよ。できたら、わたし一緒に行きたいの」

グラントは肩をすくめ、たばこの火を消した。

「どうぞ、ご自由に」

どうぞ、ご自由に。彼がそんな言い方をするのは、その日はこれが三度目だった。二度目まではなんとかがまんできたが、もうたくさんだった。

「そんな言い方、やめて！ あなたのためを思って、一緒に行きたいと言っているのよ！」

重い沈黙が流れた。すると、グラントが彼女の方を向いて、思いがけないことを言った。

「ぼくはきみのような奥さんにはふさわしくないんだ」

「とんでもない。あなたこそわたしには立派すぎるわ。だけど、わたしはあなたの期待にこたえようと、精いっぱい努力しているだけ」

「一緒に来てほしい。同僚というだけじゃなくて、友人でもある医師をきみに紹介したいしね」グラントは体を寄せ、彼女の太ももへ手を伸ばした。

「あら、今度は落ち着かなくさせるのね」リズは小声になっていた。もはや筋道立てて考えることはできず、ただ彼の愛撫(あいぶ)でわたしがどうなるのか、彼にはわかっているのだろうか、と思っていた。「あなたのお友達がわたしを気に入らなかったら、どうすればいいの？」

グラントは体を押しつけてきた。彼の体の熱さを感じて、リズはうずうずし、がまんできないほどだった。

「ぼくの友達はみんな都会人でね、きみの新鮮な素朴さが受けないはずがない」

「あなたに言われると、どうしてからかわれているような気がするのかしら？」

「ぼくはうそは言わないよ。連中はうれたとうもろこしのような この髪が気に入るよ。それにそばかすもね——全部で十六ある」

「もうそばかすなんかないわ」

「いまみたいに、きれいに顔を洗い流したときには、はっきり見えるんだ。ここに一つ……ここにも……ここにも……」それに合わせて、グラントはリズの小さなまっすぐの鼻のあちこちにキスした。

「やめて!」

「いい匂いだ」彼はリズの頭をつかんでのけぞらせ、首筋をむさぼった。「ううん……女の子ぽくて、とても甘い」

「グラント……」彼女はうめき、とけ入りそうになっていた。

「甘くて、食べてしまいたい」グラントは唇を重ねてきた。高まった二人の欲望はやがて満たされた。


グラントの同僚のアラン・ビショップ医師の診察室は新しいメディカル・センターの中にあって、グラントとリズが金曜日の朝早く訪れると、すぐ通された。

アランはずんぐりした体つきで、褐色に近い髪に褐色の鋭い目をしていたが、笑顔が良かった。すぐ椅子を立って歓迎した。

「やあ、また会えてうれしいよ、グラント」

「アラン、ぼくの妻だ。リズ、アラン・ビショップだ」同僚医師はびっくりしていたのかもしれないが、素振りにも見せなかった。

「初めまして、リズ」アランはリズの手を包み込んだが、彼は笑顔だけでなく、声もすてきだった。すぐにグラントの方を見て言った。「元気そうだね」

「うん、元気だよ」

アランの笑顔がリズを見て茶目っけらしく輝いた。

「あなたは彼が必要としていた強壮剤だったようで

すね」

「少量だと効きますけど、大量に与えるとダイナマイトになってしまいますわ」リズのユーモアに、男性二人は大声で笑った。

「きみがこの人と結婚したわけがわかるよ。手を診てみようか」アランはグラントに椅子をすすめた。

アランの診察は徹底していて、質問は短いが、つぼを押さえていた。

リズはグラントの緊張が自分のことのようにわかった。数分間のことが長い時間のように感じられる。沈黙を破って、グラントの声が響いた。

「どう？」

「はっきりしないんだけど」アランはまゆをひそめ、下唇を突き出した。「確かに回復はしてるんだ。しかし、診断をくだす前に、手のレントゲン写真を撮ってみよう」

「じゃあ、すぐそうしよう」グラントはいつものせっかちさだった。

アランは電話に手を伸ばした。「放射線科へすぐ手配させる。結果はきょうの夕方、ぼくがきみの家へ届けるよ」

アランの診察は三十分とかからなかったが、三階上の放射線科では、びっしり予定が詰まっていて、一時間待たなければならなかった。ところが、せっかく順番がきたのに、今度は電力の故障で四十五分も待たされ、結局X線写真をすませて病院を出たのは、お昼に近かった。グラントはかんかんだった。

リズはなんとかなだめようとしたが、うまくゆかないので、とうとう言ってのけた。「あなたの患者だって、やむを得ない事情で待たされることが、どれほどあるかご存じなの？」

リズはぶたれるかもしれないと覚悟したが、グラントの怒りは徐々に引いて、やがて苦笑に変わっていた。

「きみの言うとおりだね」彼はそう言って、リズの肩に手をかけ、駐車場にとめてあるジャガーへと歩いた。そして車に乗ると、リズに声をかけた。「どこかで昼食を食べて行こうか？」

リズはそれを聞いてほっとした。「すてきね」リズは体を寄せ、発作的に彼の唇にキスした。

「どういうことだい？」

「わたしが知っている男の人の中では、あなたが一番すばらしいって、教えてあげたかったの」リズはいたずらっぽく目を輝かして、もう一度キスした。

「困ったご婦人だね」グラントはぐちをこぼしながら車を走らせたが、その目は笑っていた。

二人はヒルブロウにある、いくらかコンチネンタル風の小さなレストランに入った。つりかご形の照明がチェックのテーブルクロスを照らし、静かな音楽が流れている。混んでいなくて、リズはいっぺんに気に入った。

グラントが料理を注文すると、彼女は待ちかねたように話しかけた。「あなたの専門は神経外科でしょう？」

「そう、そうだった」彼は過去形で言ったが、リズは無視した。

「デリケートなお仕事ですわね？」

「うん」

グラントが緊張しているのに気づいて、彼女はおだやかに言った。「そんなに心配なさることないわ」

「きみのように自信を持っていられるといいんだが、ぼくにとっては検査の結果が一大事なんでね」

「わかるわ」

「もし……」

「それを言わないで！　考えないこと！」

「良いほうに考えろってわけか？」

「そうよ」

「それなら、前祝いにシャンペンを頼むか」

「それがいいわ」リズが笑って答えると、彼は手をあげてワイン係を呼んだ。

二人は食事に二時間かけた。リズは居心地が良くて、帰りたくなかった。帰っても、まだ午後は長く、アラン・ビショップがレントゲン検査の結果を持って訪ねて来るのを、心配しながら待っていなければならないのだ。グラントの気がまぎれるようなことを考えてあげなければならないのだが、なにも思いつかない。

グラントが車のドアを開けてくれたので、彼女は先に乗り込んだ。そのとき、子供が象のおもちゃを小わきにかかえて通り過ぎた。なにかが彼女の心をよぎった。

運転席に座ったばかりのグラントに向かって、リズは気負って言った。「動物園に行きましょう」

「動物園？」グラントはあっけにとられていた。

「ここの動物園にはいろんな動物がいるって聞いているわ」

「それはそうだけど」

「連れて行ってくださる？」

「きみが行きたいのならね」グラントはあきらめたように、ため息をついた。

「ご親切さま」リズは冗談めかして言った。

彼女の調子にこたえて、グラントもまじめな顔をして茶化した。「動物園に行ったら、アイスクリームを買ってほしいな。棒のついたアイスキャンディはだめだよ」

「わがままな子ね！」リズは鼻にしわを寄せて笑いかけた。心の中で、うまくいったとほっとした。

冬も間近だというのに、暖かい日だった。月曜日なので人出は少なく、動物達ものんびりしていた。

リズはグラントを引っ張って、隅から隅まで動物を見て歩き、彼にアランがもたらす検査の結果について考えが及ばないようにした。しかし、きりんの囲いに来たころには、さすがの彼も退屈して、いらいらし始めていた。

彼女はあきらめず話しかけた。「古代ローマ時代には、きりんはライオンとらくだの間に生まれた不思議な動物だって言われていたこと、ご存じ？」

「いや、知らなかった。おもしろいね」だが、グラントの顔つきは言葉と裏腹だ。

「きりんのジラフという名前はアラビア語のザラファからきたもので、〝優雅な動物〟と〝早く歩く動物〟という二つの意味があるのよ」

「歩くと言えば、ぼくはもう一歩も動けないよ」

「紀元前四十六年ごろ、シーザーが初めてきりんをローマに連れて来たんですって」

「リズ……」

「きりんの体重は……」

「リズ！」

グラントは彼女の手をつかんだが、振り返った彼女はまだ無邪気そうに笑っていた。

「あちこち引っ張り回し、いろいろ説明してくれてどうもありがとう。きみの目的は十分成功したよ。しかし、もう帰らないと、退勤時のラッシュに引っかかってしまう」

自分のもくろみがすっかり見透かされていたことがわかって、リズはがっかりした。「おうちに帰って考え込んだりなさるといけない、と思ったものだから。ごめんなさい」

グラントは彼女のあごに手をやって、顔をあげさせた。愛する彼の瞳を見て、リズは胸がときめいた。そこにやさしさが宿っていたからだ。そのやさしい光を一生失いたくない、と彼女は思った。

グラントはちらっと彼女のうしろに目をやった。

「あの飼育係が見てなきゃ、キスしたいところだが」

「おかしいわね」リズは彼から目を離さずに言った。

「わたしには飼育係なんか目に入らないけど」

グラントはくっくっと笑うと、彼女の震える唇に唇を重ねた。だが、すぐに離れて、彼女の手を取った。「さあ、行こう」その声は冷静だった。

7

アラン・ビショップは七時ちょっと過ぎに訪ねて来た。決まりきったあいさつをかわし、グラントが飲み物を作る間も、リズは異常に緊張していた。しかし、それはリズだけではなかった。グラントは口もとに笑みこそ浮かべていたが、目は結婚前によく見かけたように、なにかに取りつかれている感じだった。

「はっきりさせようじゃないか。ぼくの回復の可能性はどう?」グラントがようやく声をかけた。

アランはウイスキーのグラスの氷を回し、一口飲んでから口を切った。「ちょっとした手術をして治療を続ければ、年末には仕事のできる可能性が大いにあるよ」

「可能性だけか?」

「大いにあると言ったはずだよ」アランは褐色の封筒からX線写真を取り出した。「これを見て、自分で診断してごらんよ」

グラントは石けんの泡が壁にぶら下がっているような照明に近づき、X線写真をかざして見た。アランもグラスを置いて、そばに近づいた。リズは椅子にまっすぐ腰を下ろしたまま二人の会話を聞いていたが、医学用語が多くて意味はよくわからない。アランの話には彼女もなんとなく失望した。もっとはっきりした見通しを聞きたかったからだ。しかし、奇跡や、たちどころに治るといった話は、本に書いてあるだけのことなのだろう。

「で、その手術はいつするつもり?」椅子に戻って、グラントがきいた。

「あした病院に手配して、水曜の午前中にはできると思うよ」

「わかった」二人はウイスキーのグラスで乾杯した。リズはほっとした気持だった。いくらか自信も戻って来た。

アランが帰って行ったあと、グラントはリズに顔を向けた。「どう思う?」

「大変でしょうけど、切り抜けてくださると思っているわ」

「きみの自信ときたら、まるで岩のごとしだね」

リズは笑顔を抑えた。「あら、ときにはぐらつくのよ。でも、いずれ外科医として立派な仕事をなさると信じていますから」

「しかし、手術や治療がうまくゆかなかったら、その考えも変わるのかい?」

「いいえ」リズはすぐにそう答えたが、事故のあとマイラが彼を見捨てたことを思い出し、なぜ彼がそんなことをきいたのかわかった。「だいじょうぶよ、グラント。失敗なんかしないわ。かりに、うまくゆかなくても、わたし達は変わりなくてよ」

リズはグラントの顔を引き寄せキスしたが、唇を触れても彼は反応しなかった。手の届かないどこか遠くへ彼が行ってしまったような気がして、リズは立ちあがった。心が重かった。

「もうやすみますわ」彼女はドアの方に歩きながら言ったが、グラントは聞こえないようすだ。やむなく彼女は階段をゆっくりのぼって行った。

一時間ののち、グラントがベッドに入って来たとき、リズは眠っているふりをした。しかし、彼が恋しくてたまらなかったので、肩に手を触れられると、すぐ彼の腕の中にもぐり込み、体のぬくもりと魔法のようなキスの魅力に自分をゆだねた。そんな自分が情けなかったが、彼の唇が胸のふくらみに下がってくると、もうなにを考えることもできず、ただ彼に求められていることだけがうれしかった。


グラントは次の日の午後入院し、リズは一人で夜を過ごさねばならなかった。父の死後半年は、リバーサイドの古い屋敷で一人で暮らしたのだが、そこでは幸せな思い出を呼び起こす懐かしい品々に囲まれていた。しかし、グラントのこの家では慰めになるものはなく、神経がいら立つものばかりだ。

次の日朝早く、リズは病院に出かけ、グラントが手術室から病棟へ連れ戻されるまでそこにいた。

彼女の問いに、アランは答えた。「手術はうまくゆきましたよ。あとは手の筋肉が訓練にどう反応してくれるかですね」

「先生のお考えでは……」

「ぼくは考えないことにしているんです。幸運を祈るだけです。あなたもそうなさったほうがいい」

リズはうなずき、グラントが病室へ運ばれて行くあとを追った。彼はまだ麻酔から醒めていなかった。

看護師は午後になってまた来たほうがいいとすすめ

た。

グラントのそばを離れたくなかったが、病室にいてもなんの手伝いもできないので、リズはいったん引き揚げることにした。パワーのある彼のジャガーで家に帰ったが、グラントがいない家で待つのはつらかった。ここはマイラの家で、自分の家とは思えないのだ。家具も装飾もマイラの好みに合わせてあるからだ。……ああ、神さま、こんなときに、どうしてマイラのことでわたしが悩まされなければならないのでしょう？

昼食はテラスに出てとった。広いダイニングルームで一人で食べるよりずっとよかった。時間が来ると、リズは病院へ車をとばした。うしろから警官がオートバイのサイレンを鳴らしながら追って来る。彼女はスピードを落とした。心臓がどきどきしている。だが、警官は彼女のほうも見ずに追い抜いて行った。ほっとして、おかしくなったが、それからは注意してスピード制限を超えて車を走らせようとはしなかった。

十分後、リズはグラントに声をかけた。「気分はどう？」

「手が木槌(きづち)でぶたれたみたいだよ」彼は痛そうに顔をしかめ、探るようにリズを眺めた。

「看護師さんを捜して、なにかお薬でも頼みましょうか？」

「きみが来る数分前に鎮痛剤を飲んだんだ」そう言ってグラントがうめいたので、リズは彼の左手を両手でくるんだ。

「早く退院して来てね、お願い」そんなことを言うつもりではなかった。だが、彼が家にいないと寂しいことがばれてもかまわなかった。

「そんなにすぐ寂しがるとは思わなかったよ」グラントはからかった。

「あなたがいらっしゃらないと寂しくて。鏡を見ると、ぞっとするわ」

「きみは鎮痛剤より効き目があるね」グラントは笑った。「ここに泊まれるよう頼んでみよう」

リズは答えなかったが、どの部屋に行ってもマイラの影がちらつくあの家に帰るより、彼のベッドのそばにいるほうがずっとよかった。

面会時間はすぐに終わり、リズは立ちあがった。ほおにキスしようとしてかがみ込むと、思いがけずグラントが顔を向けたので、二人の唇が触れてしまった。彼はリズの厚いセーターの下に手を伸ばした。彼女はびくっとして体を引いた。彼の手のぬくもりに自分が反応しようとしているのを感じたからだ。

グラントのからかうような視線を避けて、リズは言った。「夕方また来ますわ」

「来ないほうがいいよ」

予想もしない返事に、彼女は傷ついた。「どうして？」

「暗くなってから車を走らせると、危険だからさ。きみのことまで心配させないでくれよ」

そう言われればもっともだったが、次の日の午後の面会時間まで、あの家で一人ぼっちで過ごさなければならない、と考えてぞっとした。〝しっかりするのよ、リズ。もう赤ちゃんじゃないんだから〟彼女は自分に言い聞かせ、なんとか明るく声を出した。

「じゃあ、またあしたね」

個人病室から出たとき、リズは通路で背の高い、やせた男性とぶつかりそうになった。その男性はきらきらした緑の瞳でじろじろ彼女を見つめた。が、その態度はそれほど横柄ではなかった。

「グラント・バタスビー先生の病室ですね？」彼はためらいがちにきいた。

「そうですけど」

「わたしはジョー・タウンセンドと言います」

「リズ・バタスビーです」

「ご親せき――かなにかでいらっしゃいますか？」

「妻ですけど」

「奥さんですって？」彼はぽかんと口をあけた。「いや、失礼しました。ピーターズバーグで結婚なさったとは思わなかったものですから」

「どういたしまして」リズは微笑した。相手が悪い感じではなく、好感が持てたからだ。

「あの、ぼくはグラントに会う用事があるんですけど、できたら玄関で待っていてくれませんか？」そう言うと、彼は急いでつけ加えた。「ぼくはグラントの大学時代からの古い友人です」

リズは気を許してうなずいた。「お待ちしていますわ」

玄関の堅いベンチに腰を下ろして、いったい彼はわたしになんの用事なのだろう、と考えていた。十五分たってもジョー・タウンセンドは現れない。壁の時計を見あげて、彼女は顔をしかめた。しかし、それから数分たつと、彼が近づいて来た。

「待たせて申しわけない。グラントとの話が少し長くなってしまって」ジョーはすまなそうに笑うと、立ちあがったリズの腕を取って、とめてあるジャガーの方へついて来た。「今夜一緒に食事をしてくれますか？」

思いがけない誘いに、リズはびっくりした。「あなたはグラントのお友達だとおっしゃったはずですけど」

彼の笑顔が満面に広がった。「許可はもらったんですよ」

「ほんとに？　あの人がお願いしましたの？」

「いや、ぼくが頼んだんです」

「わかりましたわ」

リズはほっとし、安心のためにだれかにあずけられたように感じた。

「ぼくと食事をするほうが、お宅で一人でいるよりいいでしょう?」

リズは口の端をゆがめて笑った。「負けましたわ」

「よかった」ジョーはそう言って、ジャガーのドアを開けた。彼女が運転席にすべり込むと、彼は追いかけるようにきいた。「七時に迎えに行ってもいいですか?」

「けっこうですわ」リズはエンジンをかけた。「じゃ、そのときに」

病院の門を出るとき、ジョーはもとのところに立ったまま手を振っていた。彼女も手を振ってこたえた。改めて良さそうな人だと思った。

善良そうだし、グラントが一緒に食事をしてもいいと言ったのなら、なにも気に病むことはなかった。

リズは家に帰って、ジョーとの外出の用意をしたが、約束の七時よりかなり前に、すっかり準備ができていた。家の中が静かなのに耐えられず、彼女は逃げ出したかった。なによりグラントのいないのが寂しかった。リビングルームの壁の鏡は彼女がいらいらしている姿を映し出していたが、どうしてもそっちへ目を向けずにはいられなかった。自分を映し出す鏡になにかを投げつけたかったが、そんなことをしてもなんの解決にもなりはしない。彼女は白雪姫の物語の一節を思い出した。

鏡よ、壁の鏡よ
わたし達の中で、だれが一番美しいの?

答えはもちろんマイラ・キャベンディシュだ。マイラが戻って来たらどうなるのだろう。リズは内心うめき声をあげた。

ジョー・タウンセンドは七時きっかりにやって来た。

「遅れたかな?」彼はリズのようすを親しげに、かつ興味ありげに眺めて、きいた。

「わたしのほうが早く用意ができてしまったものですから」リズは正直に言った。

「なんだか、ぼくと同じように、あなたもこの家が好きじゃないみたいですね」

彼もそうだったのかと、リズはいっそう親しみを覚えた。

「行きましょうか？」彼女の瞳はいたずらっぽく輝いていた。

「車を待たせております、奥さま」ジョーはうやうやしく手を伸ばした。

楽しい夜になりそうだった。だがリズの第六感は、そんなに信じ込んじゃいけないわ、と告げていた。

町までは十五分のドライブだったが、会話はスムーズに流れ、二人はちょっとしたことに声を立てて笑った。リズはジョーと数時間前に初めて会ったとは思えないほど、すっかりくつろいだ。

レストランは混んでいたが、幸いにもジョーはテーブルを予約してくれていた。夜がふけるにつれ、彼女はジョーをもっと詳しく観察していた。年はグラントと同じくらいだが、ずっと若く見え、赤っぽい褐色の髪の毛には白いものはなく、グラントよりよく笑う人物だ。

グラント……リズは彼のことをいっときも忘れてしまうことができない。手術の跡はまだ痛むのだろうか？　わたしのことを考えているかしら？　すぐ退院できそうかしら？

「グラントとはいつからのお知り合い？」リズの心の動きを心得ているかのように、ジョーがきいた。

彼女はデザートから顔をあげてほほ笑んだ。

「もの心ついてからずっとですわ。ピーターズバーグの近くで、わたしの家の牧場があの人の家の牧場と隣り合わせでしたの」

彼はリズをじっと見つめていたが、不思議そうに言った。「あなたは彼が結婚するタイプの女性には見えないけどな」

「マイラみたいじゃないってことですか？」リズは心に浮かんだことを口に出したが、当たったようだ。

「マイラのことをご存じですか？」

「あの人は六つ年上の姉のステイシーと同級生なんです」

「じゃ、古くからの知り合いなんですね」

「六年以上も前のことですけど、グラントがマイラに会ったのはうちの牧場でしたわ」リズは不愉快そうに打ち明けた。

ジョーはなにか心に引っかかっているようすだった。「グラントは有能な外科医で、なににつけても賢く抜け目ないけど、マイラのことになると、こうもりのようになんにも見えなくなりましてね。完全に彼女の思うままでしたよ。彼は結婚したがったけれど、マイラは一人の男性に落ち着くような女性じゃない。グラントからも、彼女独特の美しさや魅力のとりこになるばかな男達からも、自由でいたいんだ」

「二人は一緒に住んでいたんでしょう？」リズは自ら心に刃物を突き刺した。

「かならずしもそうじゃなかったんです。グラントは一年ほど前にあの屋敷を買い、マイラに内装を任せました。そのせいかどうか知らないけど、彼女もグラントと結婚する気になった。ところが、彼は事故にあって、外科医としての将来がないということになってしまった。マイラは離れて行き、それから彼はあの家に移ったんです」

「二人は実際にはあそこに一緒に住んでいたわけじゃないんですね？」リズは自分がショックを受けたのか……ほっとしたのか、よくわからなかった。

「マイラは何カ月か住んでいたけど、グラントはヒルブロウのフラットにいて、二人に関係があったとすれば、とても控えめでしたね」

リズは心の重荷が取れた思いだった。グラントとマイラはずっとあの家に一緒に住んでいたと思っていたのは、間違いだった。

「あなたのことをお話ししてくださる？　やはりお医者さまですの？」

「そう華やかなことはなにもありません。ぼくの専門は法律ですよ」ジョーは笑った。

「興味のあるお仕事ですわね」リズはテーブルにひじをつき、てのひらにあごをのせた。瞳にろうそくの光が踊っている。「グラントのお友達というだけでなく、あの人の法律問題も扱っていらっしゃるのね？」

「そうですよ」彼はからになっているリズのワイングラスを見た。「もっと召しあがりますか？」

「いいえ。もう十分ですわ」

「グラントを愛しているんですか？」

思いがけないその質問は胸にずしんと突き刺さった。リズは息を吸うと冷静に答えた。「ほかの理由で結婚するわけがありませんわ」

「彼はマイラのことをどう思っているのだろう？」

「彼女の話はしないことにしているんです」リズは手をあごから離し、必要もないのにテーブルクロスをいじった。

「タブーなんですね？」

「ええ。マイラは過去の人だと、彼は言いますの」

「リズ、あなたに話しておきたいことがあるんです」ジョーがまじめな顔に変わった。リズはひやりとした。「マイラがヨハネスバーグに帰っています。きのうこっちに着いたんです」

「彼女、グラントに会おうとするのでしょうか？」

「あなたはどう思います？」

ジョーの目があわれんでいるように見えたので、リズは内心ひるんだ。「彼が結婚したことがわかれば、あの人も……」

「あのね、相手が結婚しているからといって、マイラはこれまでほしいものを手をこまねいてたりしたことはありません。それに、グラントのあなたにたいする気持をどの程度信じているんですか?」

リズは〝あの人はわたしを愛しています〞と心から言いたかった。だが、とても言うことはできない。グラントも少しはわたしのことを気にかけてくれてはいるかもしれないが、肉体的な欲望以上のものをわたしに感じている、と証明するものはなにもない。彼女は目を伏せ、情けなさそうに言った。「彼がわたしのことをどう思っているか……まるでわかりませんわ」

ジョーは彼女の手を取って握り締めた。「一つだけ約束してくれますか? 助けがほしくなったら、ぼくのところに来るんです」

「どうもご親切に」

彼は財布からなにかを取り出した。「これはぼくの名刺です。急いで連絡を取りたいときは、ここへ電話してください」

ジョーは家まで送ってくれた。あがってお酒を飲むのは断ったが、玄関のホールまでついて来た。リズは丁重に礼を言ったが、彼は聞いているふうはなく、手で彼女のあごをあげさせた。

「きれいな目をしている、リズ。男性が引かれる目だ。グラントにそれがわからないなら、彼はぼくが考えているよりずっと間抜けだし、マイラのような女性の相手をしているのが、ちょうどお似合いってところだ」

「大いに勇気づけられましたわ」

「ぼくはまじめなんですよ」

「おやすみなさい、ジョー。夕食に連れて行ってくださって、ほんとうにありがとうございました」

「あしたの晩もどうですか?」彼はリズが当惑してしまうほどしつこかった。

「残念ですけど。でも、誘ってくださって、ありがとう」

ジョーはがっかりしていたが、あきらめて帰って行った。リズは不安な気持のまま一人取り残された。

グラントは土曜日には退院し、それから二週間後に機能回復の治療が始まった。リズは治療にはかならずついて行った。彼のそばにいないと心配だったし、マイラが突然現れたりしないかと不安だったからだ。彼女が帰っていることをグラントは知っているのだろうか？　直接きいてみようか？　だが、その勇気はない。

やがて寒い冬がやって来た。リズの不安もしだいに消えていった。マイラがヨハネスバーグに帰っているとしても、自分達を避けている、と思えたからだ。いつまでもそうしていてほしい、とリズは心から願った。

グラントが病院の仕事場に復帰できたのは七月の半ばだった。手術とその後の治療もうまくゆき、グラントはそのお祝いに、ある晩リズを外での夕食に誘った。彼女は幸せだった。夫のためにもうれしかったし、その気持をかくそうとはしなかった。

「ここまで来られたのは、きみのてこでも動かない信念のおかげだよ」グラントは率直に告白した。

「違うわ」リズは笑いとばした。「苦しいときがあっても、あなたは最後までやりとおす性根があるのよ。わたしにはわかっていたわ」

「リズ……」グラントは彼女の手を取った。「ぼくはこれまで、きみが望むような最高の夫ではなかった」

「改めていただくところがあることは否定しませんわ」リズは目をきらきら輝かしてからかった。

「できれば、きみのためにもっとなにかしてあげたいな」

彼女の目は真剣になっていた。「もう少しわたしのことをかまってくださるだけでいいの。むずかしいこと？」

「きみのことはとても気にかけているよ」グラントはからかうようにセクシーに笑った。「どんなに大事にしているか、ぼくの態度でわからないかい？」

リズは赤くなって目をそらした。「いつも肉体的なことにしておしまいになるのね？」

「ぼく達の結婚は肉体的な面から見ると、非常に興味があるね」グラントはますます調子に乗った。「うわついたところのないきみの素朴な顔のうしろには、生まれながらの情熱的な女がひそんでいると言っても、だれも信じないだろうね？」

「やめて、グラント！」リズは真っ赤になっていた。

「ほんとうだから、どうしようもないよ」グラントは彼女の手を自分の唇に近づけた。まわりの人達がじろじろ見ているので、彼女はどぎまぎした。

もう一人そのようすを見ている人間がいたのだ。だが、リズは食事を終え、コーヒーを飲むまでそれに気づかなかった。

レストランの奥のグループから離れて、すらりとした女性がいかにも歩き慣れた優雅さで近づいて来た。最新流行のエレガントな装いで、黄褐色の髪をクラシックな容姿に合わせて、なめらかな帽子（キャップ）のようにカットしている。その美しさは人目を引き、彼女もそれを楽しんでいたが、リズはしだいに息が肺からしぼり取られるように感じていた。まもなく、もうすぐ、グラントがマイラ・キャベンディシュと再会するのだ。そうすれば……！

〝ああ、神さま……お助けください！〟リズは心の中で祈った。だが、マイラはもはや避けることのできないなだれのように、大きな破壊力を秘めて近づいて来た。

リズは体を投げ出して、グラントの防波堤になりたかった。しかし、もう遅かった。彼はなにかの拍子に振り返り、マイラを見た。そして、背後の白い柱のように、みるみる青ざめた。

「ダーリン!」マイラはなまめかしく口を開くと、グラントのそばに上品に腰を下ろし、わがもの顔に彼の腕にしなやかな手をかけた。「さっきからずっと見ていたのだけど、席を離れられなかったの。すっかり元気になったのね、グラント」

「回復したことはリズも保証してくれるよ」彼の声はとぎれがちだ。

「リズ?」リズに流し目をくれるマイラのグリーンの瞳にようやくわかったという光が差した。「さっきからどなたかと思っていたのだけど、あなただったのね。リズ・ホールデン——ステイシーの妹さんね。ヨハネスバーグへご旅行でいらしてるの?」

「リズはぼくの妻なんだ」グラントが割って入った。

「あなたの奥さんですって?」マイラはさも不愉快というように笑った。「ダーリン、冗談はやめて。こんなに……お若い方と結婚できるわけはないじゃありませんか。みっともないわ!」

リズはぽかんと口を開けた。だが、グラントは短くやり返した。「マイラ、きみがなんと言おうと、ぼくたちは結婚して三カ月にもなるんだ」

「そう、それはおめでとう」マイラは悪意のこもった目でリズを見て、軽蔑したように笑った。そしてグラントの方を向くと、甘えた声を出した。

「またあとで連絡を取りますわ。穴を埋めないといけませんものね、ダーリン?」

マイラは仲間のところへ戻った。リズはジョー・タウンセンドの言葉を思い出した。〝相手が結婚しているからといって、マイラはこれまでほしいものを手をこまねいてたりしたことはありません〟マイラはグラントを取り戻したがっているのだ。彼が苦しんでいたときに見捨てたことなど、なんとも思っていないのだ。

グラントの額は汗ばみ、グラスを持つ手は震えていた。禁断症状の麻薬患者のようだ。マイラがその麻薬なのだろう。彼は明らかに自分を抑えようと努力していた。リズは不安でいっぱいで、これほど自分を無力に感じたことはなかった。お祝いの気分は抜け、茶番劇に変わっていた。

「行きましょう」リズが切り口上で言うと、グラントもうなずいた。

帰りの車の中で二人とも会話を交わそうとするのだが、うまくゆかなかった。リズは壁を立ててこもっている他人と一緒にいるような気がした。その壁はマイラなのだ。

家に帰って、グラントはもう二杯目のウイスキーを注いでいた。とうとうリズはおやすみなさいを言って二階にあがった。しかし、夫がリビングルームでお酒を飲んでいるのでは、いやなにをしていても、眠れなかった。

グラントが寝室に入って来たのは真夜中すぎだった。暗がりでなにかぶつぶつ言いながら服を脱いでいたが、リズは眠っているふりをした。

やがて静かになったが、彼はベッドに入っては来なかった。リズが寝返りを打って、月の明かりを透かして見ると、彼は窓辺に立って外の暗がりを見つめていた。なにを考えているのだろうか？　この何カ月かであれほどおたがいに近づいたのに、彼はわたしを求めることができないのだ。ほんとにそうなのかしら？

リズは震える手で顔を撫でると、静かにベッドをすべり下りた。「グラント」彼女は軽く彼の腕に手を触れた。「もう遅いわ。おやすみにならないの？」

彼は聞こえないようすだったが、やがて振り向いて、月の光で青いリズの顔を見つめた。彼女は髪を乱し、胸をどきどきさせながら、レースのナイトドレス姿で立っている。それがどんなに若く、頼りなげに見えるか、自分では気づかない。愛しているわ、愛しているのよ！　リズは心臓の鼓動に合わせて、心の中で叫んでいた。黙って手を差し伸べる彼女の訴えに、グラントもわれに帰ったようだった。

二人はベッドに入った。体が触れると、彼が震えているのがリズにはわかった。その晩、グラントはやけになったように彼女の体を求め、リズは絶望にさいなまれて夜明けまで寝つけなかった。

8

レストランでマイラと出会ってからというもの、リズとグラントの生活はすっかり変わってしまった。彼は内向的になり、ひたすら仕事に打ち込んだ。家に帰る時間は遅く、しばしば午前さまになることもあった。しかし、リズが一番傷ついたのは、夜遅く彼女を起こしては気の毒だからと、彼が寝室を隣の部屋に替えたことだ。一度はそんな状態について話し合おうとしたのだが、グラントがひどくおこったので、二度とその話は持ち出せなかった。彼がマイラと会っていることは証明はできなかったが、リズはそうに違いないと思っていた。毎晩遅くまで眠れないので、彼女の目の下にはくまができていた。

心配なのはグラントの態度だけではなかった。リズは妊娠したのではないか、と疑い始めていたのだ。避妊の注意をしていないわけではなかったが、そんなことに気が回らないこともあった。子供を産むことをグラントがどう思うか、さっぱり見当がつかなかった。しかし妊娠が確実になったら、結婚生活は安定したものになるかもしれない、そう彼女は期待した。赤ちゃんができれば、彼はマイラの悪夢を振り払えるかもしれない。

疑惑と希望と祈りの一週間が過ぎた。だが、ことの深刻さはついに現実となった。ある日の午後、リビングルームで縫いものをしていたリズがふと顔をあげると、当の相手が立っていたのだ。

「マイラ！」彼女はびっくりして声をあげた。

「黙って入って来てもいいわよね？　わたしはまだここを自分の家と思っているものだから」マイラはグリーンの瞳ですばやく部屋のようすを確かめた。

「それはそうでしょうとも」リズは落ち着きを取り戻し、マイラが腰を下ろし脚をエレガントに組むのを見ながら、冷静に応じた。

「なにもかももとのままでうれしいわ」マイラは愛想のない笑みを浮かべた。

「玄関ホールの向こうの小部屋はわたしが書斎として使っていますから別ですけど、あとはそのままにしてあるわ。なにかご用でいらしたの、マイラ？」

「回りくどいことはおきらいだったわね。ステイシーがいつもあなたは火事場にとび込むほうだと言っていたわ」マイラはにっこりしたが、その笑顔にはとげがあった。

「どうぞ要点をおっしゃって」

「わたし、グラントがほしいの」

スパーリングは終わり、剣が抜かれた。「どうしてわたしが彼を手放すとお考えなの？」

「あなたにはそうするしか方法がないからよ」

「自信満々なのね？」

「グラントのことなら自信があるわ」

「それは一時は彼もあなたのものだったけど、彼が一番あなたを必要としているときに、あなたは見捨てて逃げてしまったはずよ」

「事故があって、わたしはショックだったの。だから、わたしがばかなことをしたことは認めるわ」マイラは疑わしそうな表情のリズに美しくまゆをあげてみせた。「だれだって間違いはするものよ、リズ。わたしも自分の間違いを認めたのだから、あなたもグラントと結婚したのは間違いだったと認めたらいかが？」

「わたしに関するかぎり、マイラ、結婚は間違っていたとは思わないわ」

「彼はあなたを愛していなくってよ」

リズはひるんだ。「そんなことわかっています」

「じゃ、どうして彼にしがみついているの？」

「グラントがわたしに結婚してほしいと言ったのよ。離婚したければ、彼が言いだせばいいことだわ」

「どうしてあなたはそうむずかしく考えて、彼にもあなたにも具合の悪いようにしてしまうの？　素直に負けを認めて、静かに姿を消したらいかが？」

「あなたならそうするかもしれないけど、わたしはそうはしません。自分の責任に背を向けて、逃げ出したりするのはきらいだから」

まつげの濃いマイラの瞳に怒りが走った。リズが一本取ったのだ。

「ご自由に。でも、わたしの警告がなかったとは言わせないわよ」

「ほかになにか？」リズが冷ややかにきいた。

「別に」マイラは鏡に映る自分の姿に恥ずかしげもなくうっとりして、ほほ笑んだ。「だけど、ここに引っ越して来てグラントと一緒に住むのが待ち遠しいわ」

リズはおなかにずしんとストレートパンチを一発食らった感じだった。パメラが手紙に書いてよこしたように、マイラのやり口は汚かったが、リズも得点をかせいだのだ。

リズはなぜかいとも上品に、しかも威厳をにじませて立ちあがった。「案内しなくても、一人でお帰りになれるわね？」

「そうつっけんどんにすることはないでしょう、リズ」マイラは冷笑を浮かべて立ちあがり、エキゾチックな香水を匂わせてリズを圧倒した。「グラントを自分に引きつけておく自信がなさそうね？」

マイラはさも軽蔑したようにリズをじろじろ見た。だが、リズは不思議なことにしだいに平静になっていた。

「あなたは美しいわ、マイラ。だれもそれは否定できないわ。だけど、あなたの美しさは外見だけに限られている。やがてグラントにも、あなたがなんだったかわかると思うの——あなたは男性を喜ばせる肉体しか誇りにするもののない、利己的で血の通ってない貝がらにすぎないことが。その肉体だっていずれあなたから逃げてしまうでしょうけど」

これでおあいこだった。だれにもアキレス腱という弱点はあるものだ。マイラのアキレス腱は彼女の美しさなのだ。彼女が自分の美しさにこだわり、それを失いたくないと必死なのはわかっていた。そんな相手の弱味を攻める自分自身が、リズは恥ずかしかったが、けんかを仕かけたのは向こうなのだ。

「グラントはわたしを見捨てないわ。わたしが指を鳴らしさえすれば、彼はとんで来るわ。見ててごらんなさい、いまにわかるから！」マイラの顔は怒りでゆがんでいた。

マイラがドアをばたんと閉めて出て行くと、リズは冷静さを失った。震えが脚から始まって体全体に広がり、彼女はどたりと腰を下ろし、カーペットをぼんやり見つめた。

グラントはわたしを捨てて、マイラのもとに走るようなおばかさんじゃないわ。わたしとの結婚は彼にとっても大事なはずだもの。リズは、グラントとの間がいまはうまくゆかなくても、やがては解決できる、と自分に納得させようとした。しかし、マイラのあれほどの自信を打ちくだくことはできなかった。

リズはマイラのまねをして、指を鳴らしてみた。そして、急にヒステリックに笑いだした。そして、すぐに口をつぐんだ。なにも恐れることはないのだ。彼女は自分に言い聞かせた。マイラはグラントを取り戻そうとやっきになっているだけなのだ。そんなことよりわたしは、妊娠しているかどうか、確かめなければならない。

二日後、リズは医師の診察を受けに出かけた。グラントが買ってくれたグリーンのミニカーは混んでいるヨハネスバーグの市内でもよく走れた。

診察室に呼ばれてリズは神経質になった。医師は五十代後半の親切な紳士だったが、幸いなことに彼女が名前を言っても、グラントと結びつけて考えはしなかった。検査は数分で終わり、医師はにっこりして言った。

「あなたの想像のとおりでしたよ。妊娠八週間というところですね」

「確かですか？」リズは興奮していた。

「間違いないでしょう、ミセス・バタスビー。家に帰ってご主人に、まもなくお父さまよ、とおっしゃるといい」

彼女は手の震えをとめようと、ハンドバッグのひもをしっかり握った。「そうしますわ。ありがとうございました」

「一カ月したら、またいらっしゃい」医師のその言葉に、リズは黙ってうなずいた。

体が震えて、彼女はすぐには運転できそうにもなかった。通りの向こうに喫茶店があったので、信号が変わるのを待って、通りを渡った。数分後には、彼女は熱い紅茶を前に自分の気持を分析していた。興奮もしていたが、心配でもあった。しかし、妊娠していることがはっきりして、一番感じたのは神への畏れといったものだった。グラントとの間に生まれた新しい生命が自分の体の中で育っているという驚きだ。彼女は一刻も早く彼に知らせたくなった。紅茶を飲み干すと、駐車場へ急いだ。ほかのことはすべて忘れていた。家に帰ってグラントに連絡し、その晩はどうしても家で夕食をするよう頼むつもりだった。彼にニュースを伝えるのだ。ほかのことは……！　いや、マイラのことはあとにしよう。いまはだめ。

家に着くと、グラントの白いジャガーがカーブした車寄せにとまっていた。なにかあったのだろうか？　良いことなのか、悪い知らせなのか？　リズは家の中へ駆け込んだ。グラントはリビングルームの椅子にぐったり腰を下ろし、口にたばこをくわえていた。

「グラント、早く帰って来てくださって、うれしいわ。わたし……」彼が立ちあがったので、リズは息をとめた。視線が合い、緊張で火花がぱちぱち散った。「どうしたの？　なにか具合の悪いことでも……？」

グラントは壁のキャビネットをジェスチャーで示した。「飲むかい？」

リズはマントルピースの上の時計を見た。「午後四時では少し早くないかしら？」

「ぼくは飲んでもいいだろう？」

「どうなさったの？」

彼はすぐには答えず、手にしたグラスを見つめていた。そして、一息にウイスキーを飲み干すと、彼女の方を向いた。「リズ、きみを傷つけるつもりはまったくなかったんだが、それは信じてほしい。うまく言えないんだが……」

「マイラ・キャベンディシュね？」激しい胸騒ぎに比べれば、リズの声はおだやかだった。

「そうなんだ」

高原を吹き抜ける寒風のように、ショックが彼女の全身を通り抜けた。

「レストランであの人に会ったときから、こんなことになることは覚悟してなきゃならなかったのね」リズはささやくように言ったが、すぐ自分を取り戻して、率直にきいた。「よりが戻ったってことですの？」

「ぼくはそれほどでたらめじゃないよ、リズ。会って話をした。それだけだ」グラントはおこったように答えた。

「あの人、わたしが身を引けば、都合がいいと言いました」

「きみにも会いに来たのか？」

「数日前にね。そのときは、わたしをびっくりさせようとしているだけだと思ったけど、本気だったのね」

「すまなかった」グラントはほんとうにそんな顔をした。だが、リズは部屋がぐるぐる回るように感じていた。「だいじょうぶかい？」彼は手を伸ばして、彼女を椅子にかけさせた。

「は……はい、わたしは……だいじょうぶ……ですわ」気を失っちゃいけない、しっかりしないと、リズは自分に言い聞かせ、やがてめまいはとまった。

「事故のあと逃げ出したわけを、彼女、説明しました？」

「うん」

「それをお信じになったの？」リズが皮肉っぽくきくと、グラントはおこってまゆをくもらせた。

「信じちゃいけないわけはないだろう」

「わたし達が結婚したわけをマイラにどう説明なさったの？　あの人が戻って来るまで、わたしがあなたの力になりたがったからって、おっしゃったの？」

「なにを言ってるんだ、リズ、ぼくは……」

「だけど、結果的にはそうでしょう？」彼女は吐き出すように言った。

「ぼくが精神的にも肉体的にも落ち込んでいるときに、ぼくが結婚してほしい、ときみに頼んだことは覚えているだろう」そう言われても、リズは痛みを感じず、心は冷えて無感覚だった。

「あなたがおっしゃっていることは、あんな状態ではマイラは寄りつかないし、だれもいないよりわたしがいるほうがましだってことですわ」

「冗談じゃないよ、リズ。そんなことじゃ決してなかった！」グラントは口のまわりが青白くなっていた。

「離婚をしてほしいんですの？」

彼は口もとを引き締めたが、目はどんよりとしていた。「どうしたいのか、まだわからないんだ。いまは自分を確かめるために自由でいたいだけだ」

「それで、問題は解決方法ですわね？」リズは苦々しげにそう言って立ちあがったが、足がしゃんとしているので、自分でもびっくりした。

「わかってくれよ、リズ」グラントはそうつぶやきながら頭を横に振った。

「わたし、荷物をまとめてすぐ出て行きます」彼女がドアに向かおうとすると、グラントはその腕をつかんだ。

「出て行く必要はないよ――とにかく、まだその必要はない」

〝さわらないで！〟とリズは叫びたかったが、黙って彼の手の甲の傷を見つめていた。そして、静かに口を開いた。「わたしはそうしたいの。そうすれば、あなたは離婚するかしないか、気兼ねなく決められるわ」

「どこに行くつもりなんだ？」

「そんなこと関係ないでしょう？」彼女は肩をすくめ、彼の手を振りほどいた。

「関係あるさ！　安心かどうかも確かめずに、きみをほうり出すわけにはゆかない」

リズはつんとあごをあげた。「自分の面倒ぐらい見られますわ」

「リズ！」グラントは髪の毛をかきむしった。「どこに泊まるつもりなんだ？」

「ホテルに行って、あすの朝になったらどこに行くか決めますわ」彼女は口調を和らげたが、それでもつんとしてドアのところまで歩き、振り返った。

「マイラはあなたを愛していないわ。愛したこともなかったし、将来だって決して愛することはないわ」

グラントは顔をそむけた。「きみの知ったことじゃない！」

リズはぐさりと刺され、その痛みによろける思いだった。だが、それも自分から招いたものだ。

「一時間したら、タクシーを呼んでくださる？」

「ミニがあるじゃないか」

「あれはだめよ！」自分を必要としない男性から車を取ってしまうような気がして、リズはぴしゃりと言った。

「車はきみへの贈り物だよ」グラントの指が肩に食い込んで、リズは痛かったが、うれしくもあった。もう少しで彼の腕の中にとび込むところだった。

「あれを使ってくれれば、とてもうれしい」

その言葉で、彼女はふと思った。わたしは彼を喜ばせようとしすぎたのかもしれない。もっと要求することが多くてよかったのだ。彼はわたしが惜しげもなく与えたものをすべて取ったが、彼がわたしにくれたものはミニカーとか物質的なものにすぎない。リズは苦々しく思いながらも、車をもらうことにした。

「ありがとう」そうつぶやくと彼女は二階へあがって行った。

リズは機械的にスーツケースに荷物を詰めた。グラントは離婚には触れなかったが、いずれ持ち出すのだろう。泣きたかったが、涙は出なかった。心の中は感覚がなく、冷え冷えとしているのだ。グラントがわたしのところに戻って来ないことがわかったら、そのときこそ声をあげて泣き叫ぼう。しかし、いまはだめ……泣いちゃいけないわ！

一時間後、リズは召し使いにスーツケースを車まで運ばせた。だが、タイプライターと原稿は自分で運んだ。あとはグラントにさよならを言うだけだ。

彼はまだリビングルームにいて、ウイスキーのグラスを片手に暖炉の前に立ち、火のない火床を見下ろしていた。「落ち着いたら、住所をお知らせしますわね」おだやかな、はっきりしたこの声は自分の声だろうか、とリズはしらけた気持だった。「さようなら、グラント」

彼はリズの手をしっかり握った。彼女は冷えた血が温められる感じだった。だが、彼の灰色の瞳は依然どんよりとしていた。「リズ、残念だよ」

「わたしもよ」彼女はほほ笑もうとしたが、表情はかたくなだった。気のきいたことが言いたかったのだが、口がきけなかった。

リズは手を引っ込め、背中を向けた。振り向きもせず、鏡の家をあとにした。あの鏡はやがてグラントが見たいとあこがれている女性の姿を映し出すことになるのだろう。

リズはホテルに入り、長いこと窓辺の椅子に座り、通りの向こうのネオンサインをぼんやり眺めていた。ジョー・タウンセンドに電話をしようかと思ったが、まだだれに会う気もしなかった。

彼女はローブをかき合わせ、胃をさすったが、そのとき、おなかの中の赤ちゃんを思い出した。グラントがなにも知らない赤ちゃんを連れているのだ。この子供が将来孤独とむなしさをいやしてくれるだろう。彼はとにかく生き甲斐を与えてくれたのだ。のどになにかが詰まったが、すぐに引っ込んだ。リズは不思議におだやかな気分だった。異常なほどおだやかだ。しかし、一睡もできず、ついには冬の太陽がビルの屋上からのぼるのを眺めていた。

リズはピータースバーグへゆっくり車を走らせた。途中でお茶や昼食をとる度に車をとめたが、食事はのどを通らなかった。ステイシーの家に着いたのは午後三時近かった。

「リズ！」ステイシーがドアを開けて声をあげた。「まあ、会えないのはもちろん、永久に手紙もくれないんじゃないかと心配していたのよ」

「一週間くらい置いてくれる？」

「ダーリン、大歓迎よ」ステイシーは召し使いを呼んで、リズの荷物を運び入れるよう言いつけると、彼女に言った。「客用の部屋に運ばせるわね」

「ありがとう、ステイシー」

「疲れ切っているようね」ホールからキッチンに案内しながら、ステイシーはじっとリズを見つめて言った。

「そうなの」リズは疲れているどころか、バスにひかれたような気分だった。

「濃い紅茶がよさそうね」ステイシーは妹の青ざめた顔色や活気のない目つきを見て、まゆをくもらせた。

「ロザリーは元気？」

「ずいぶん大きくなったわよ」

「眠っているのね？」

「そう。紅茶を飲んだら、二階へ行って、のぞいてごらんなさい」

リズはなにをする気力もなく、二階にあがったが、キスを誘うかのようにばら色の唇を突き出して眠っている、丸々と太ったロザリーをのぞくと、グラントと結婚する前に使っていた部屋にすぐ引っ込んだ。

「少しおやすみなさいよ」そう言いながらステイシーはリズの顔をじっと見て、きいた。「どうしたの？」

リズはどたりとベッドに腰を下ろした。「終わってしまったわ」

「結婚のこと？」ステイシーの顔が少し青ざめた。

「マイラが戻って来て、グラントは……」リズはため息をもらした。「わたしとの離婚をまじめに考えているとと思うの」

「あんな仕打ちにあっても、彼はまだマイラと結婚したいってわけ？」

「だって……あの人、マイラを愛しているわ」

その言葉は静かな部屋に空々しく響いた。リズ自身ほかの人の声を聞いているような感じだった。

ステイシーは〝わたしが言わないことじゃないでしょう〟といきまいてもよかったのだが、彼女の性格ではそれはできなかった。彼女は代わりにおだやかにきいた。「どうするつもり？」

「フラットを借りて、書き物をするわ。そして……」ふっとリズの表情に感情がよぎった。彼女は冷たいほおに、これも冷たい手を当てていた。「どうしよう、ステイシー！　わたし、赤ちゃんが生まれるの」

「グラントは知っているの？」

「きのう診察を受けたばかりで……」

「ゆうべ話そうとしたんだけど、彼がマイラのこともあって、自由にさせてくれと言いだしたわけなのね？」リズがうなずくと、ステイシーは続けた。

「言ってしまえばよかったのよ」

「子供ができたから、わたしとは別れないというのだったら、わたしたちの結婚はなんだったわけ？　だめよ、ぜったいにいやだわ！　わたしは耐えられない！」

ステイシーの褐色の瞳は気遣わしそうだ。「冷静に考えたのね」

二人は黙って見つめ合っていたが、やがてステイシーは夕食までやすんでいるようにリズにすすめた。

「あとでまた話し合いましょう」

リズは疲れていた。ひどく、ひどく疲れていた。だが、眠れない。彼女はなにも考えまいと、ゆっくり時間をかけて荷物をほどいた。終わったのだ。これでおしまい――ただそれだけのことだ。涙もため息もなく、残念でさえなかった……どうしてこうもうつろなのだろうか？

アンガスが帰って来たのがわかった。数分後、リズが階下に下りて行くと、彼はもうステイシーから話を聞いたらしかった。兄のようにリズの肩に腕をかけて、ほおにキスをした。「ぼく達が面倒をみるよ」

リズはずっとこわばっていた顔の表情がゆるむのを感じ、アンガスを見あげて、ちょっとほほ笑んだ。彼に渡されたシェリーに口をつけると、体内に少し血が通ってきたような気がした。ほおがほんのり色づいてきた。

アンガスとステイシーはずっとおしゃべりを続けたが、リズは口数が少なく、夕食のテーブルについても食欲がなかった。食べ物を口に運んでも、のどにつかえた。ついにあきらめ、コーヒーにした。

リズが立ちあがって、おやすみなさいを言うと、ステイシーは「睡眠薬をあげましょうか？」ときいた。リズはかぶりを振った。

「だいじょうぶよ。ありがとう」

　不思議なことに、リズは眠っていた。夢も見ず、深く眠っていた。だが、真夜中に下腹部に激しい痛みを覚えて目をさました。起きてアスピリンを飲もうとしたが、あまりの痛さにまたベッドにひっくり返り、枕をつかんで体を縮めた。はっきりしないが、声をあげたのだろう、ステイシーがベッドわきに立っていた。

「リズ、どうしたの？」

「痛いの！」彼女は歯ぎしりした。「ああ、ステイシー、痛いわ！」

「じっとしてて！　アンガスを起こして、病院へ連れて行ってあげる」ステイシーはそう言ってとび出した。

　何時間もかかったように感じたが、数分のことだったのだろう。ステイシーとアンガスが現れた。リズは毛布にくるまれ、アンガスに抱えられて車に運ばれた。ステイシーが走るようにあとを追って来る。

　車の中でステイシーはリズの額の汗を拭きながら、小声で言った。「気を楽にして、ダーリン。だいじょうぶだから」

　〝だいじょうぶよ〟と励まされるのはよかったが、おなかを裂くようなこの痛みに、だれが耐えられるものだろう？　リズはどうしてこう痛むのか、ようやくわかりかけていた。〝神さま、お願い！　どうか赤ちゃんをわたしから取りあげないでください！　夢に見た愛の喜びのうち、わたしに残されたものは、もうこの赤ちゃんしかないのです。お願いです！〟

　アンガスはスピード制限もものともせず、大至急リズを病院に運んだ。そのあとのことは、痛みで赤いもやがかかったようで、リズはぼんやりとしか覚えていない。人声がし、あわただしく動く気配がし、光が当たり、そして腕に注射されたようだ。あとは幸いにも宙に浮いているような感じしかなかった。痛みも去り、なにも自分に手を触れない世界をただよっていた。

感覚が戻ったときには、リズは病院のベッドに寝かされ、枕もとには夜間用の明かりがついていた。すっかり打ちひしがれた気分だったが、だれかが手を握ってやさしく名前を呼んでいる。顔を向けると、愛情にあふれた目が自分に注がれていた。涙を流した跡がある。

「ステイシー?」リズは心配そうに声を出した。気持が重かった。

「リズ、残念だけど……」ステイシーが言った。

「わたし、流産したのね?」

そうでなければ、どうしておなかがけずり取られたように感じ、ステイシーが涙を流し、同情にあふれた顔つきをしていたりするものだろうか?

「できるだけのことはしていただいたのよ」ステイシーは言った。

「ああ、神さま、どうして? どうしてわたしは赤ちゃんを失わなければならなかったの?」さっきとは違う痛み、心の痛みが押し寄せてきた。

「ショックのせいよ。お医者さまがおっしゃっていたけど、ひどいショックを受けると、体が胎児に拒絶反応を起こすことがあるんですって」

なんてあっさり言ってしまうのだろう……冷酷だわ! そんな言葉は自分が体験してみなければ、なんの意味もありはしない。グラントはある意味ではわたしに離婚を求めてきた。彼はもはやわたしを必要としないのだ……それこそショックだった! そして、その結果は……それこそ拒絶反応なのだ! でも、なぜこうならなければならないのだろうか? わたしは赤ちゃんがほしかったのに。ほんとにほしかったのに!

「もうなにもわたしに残されたものはないのね?」

ステイシーがリズの手を握っている指に力を入れた。「グラントに電話するわね、そして……」

「だめよ!」青い顔に黒っぽく光るリズの瞳は苦脳のるつぼだった。「もう終わったの……すんでしまったの!」生きているかぎり、二度とグラントの名前を聞きたいとも、彼に会いたいとも思わなかった。

「リズ……」

「ほんとよ、ステイシー!」

「あなたがそう言うのなら、電話はかけないわ。いまあなたに必要なのは休息ですものね。だから、目を閉じて、おやすみなさい」

「疲れたわ。アンガスはまだいるの?」

「ロザリーのようすを見に家に帰ったわ」

「ごめんなさい、ステイシー、迷惑をかけてしまって」

「ばかなことを言わないで。だけど、残念だったわね」笑顔が気の毒そうな表情に変わった。

「わたしは申しわけないと思っているの。あなたやパメラの忠告を聞かずに勝手に突っ走って、彼と結婚したのだから……」

「もうグラントのことは話さないと言ったでしょう。あなたがいま考えることは良くなることだけ。アンガスもわたしもあなたに早く家に帰って来てほしいのよ」

ステイシーが帰ったあとも、リズは起きていて朝日がのぼるのを眺めた。グラントのブロンズのような顔が目に浮かんだ。〝精神的にも肉体的にも落ち込んでいるときに、ぼくがきみに結婚してほしいと頼んだんだ〟彼の声がよみがえった。

〝あなたが憎いわ、グラント・バタスビー! あなたの思慮のない、かたくなな態度のために、わたしは最後に残されたものまで失ってしまった。あなたが憎い! 永久に憎み続けるわ!〟

〝あなたはばかよ! ばかだわ!〟リズはののしっ

た。〝あなたは美しい肢体にくっついた美しい顔が好きなだけだわ。それがマイラよ。あなたは彼女のわなにかかったけど、彼女はわたしが愛するようにはあなたを愛するはずがないわ。ほんとに！〟

洪水のように涙があふれた。顔を枕に押しつけたが、どうしようもなく涙は流れた。涙がかれてしまうまで、リズは子供のように泣いた。

9

どんなに努力しても、リズは気分が落ち込むのを防ぐことができなかった。グラントの名前を出すことをまわりの人達には許さなかったのに、自分では彼の影を追い払うことができず、ついには恋しくて耐えられないほどになっていた。グラントが離婚のことをほのめかしてからむなしい六週間がたったが、ジョー・タウンゼントからもなんの連絡もない。毎週、毎週、グラントからは小切手が送られてきた。その度にリズはそれを破り捨てた。彼が喜ぶと思ってミニはもらったが、一セントなりとも彼からは受け取るつもりはない。

リズの生活は徐々に平常に戻ってきた。昼間は童話を書くことで気がまぎれるのだが、夜がいやでしかたなかった。グラントの姿がたえず浮かんで離れない。マイラと一緒だろうか？　愛し合っているのだろうか？　もう考えたくないわ！　ああ、神さま、これでもまだ苦しみが足りないというのでしょうか？

リズはステイシーの家を出たいと思った。だが、ステイシーもアンガスも聞き入れようとはしなかった。二人ともリズがすっかり回復したと確信できるまで、よそには出さないと言うのだ。

さらに一カ月がたち、その間にリズは二本の原稿を出版社に送った。いくらかでも収入になればと思ったのだ。彼女はいつもの自分を取り戻したように感じた。ある日の午後、ステイシーとお茶を飲んでいるとき、改めて市内にフラットを借りる話をリズは持ち出した。

「そんなことはさせないわ。ここにわたし達と一緒にいるのよ」ステイシーは頑固だ。

「ねえ、わかってよ」

「アンガスもわたしもあなたにはここにいてほしいの。ここを自分の家と考えてちょうだい」

リズはのどに詰まった涙をのみ込んだ。最近は涙もろくなって、うれしいにつけ悲しいにつけ、よく涙を流すのだ。「お二人にはずいぶんやさしくしてもらっているわ。でも、いずれ自分の住居を見つけなきゃならないと思うの」

「少なくとも離婚が成立するまでは、ここにいるといいわ。離婚と言えば、弁護士からでもなにか言ってきてもいいんじゃないかしら？」ステイシーは、このつらい話題を避けようとはしなかった。

リズは無頓着(むとんちゃく)を装って肩をすくめた。「離婚の手続きにどれほど時間がかかるのか、見当もつかないわ」

「三カ月もたつのだから、手続きが進んでいるというだけでも連絡があってもよさそうなものだと思うけど」

「もうすぐなにか言ってくるでしょう」

「リズ……グラントのことだけど……」

「彼のことは話したくないわ」リズはにべもなく言った。しかしティーカップはソーサーの上で、かたかたと音を立てた。お盆の上にそれを置くと動揺した面持ちで彼女は立ちあがった。

「そんなに憎んでいるの？」

リズはうしろを向いて、太陽に照らされた庭を眺めた。しかし彼女の目にはなにも入らなかった。いったいわたしはグラントのことをどう思っているのだろう？　わたしは彼を憎んでいるのだろうか？　彼のわたしにたいする態度は軽蔑すべきなのかもしれないが……それができない。彼が恋しいのだ。夜、ひとりでベッドに入ると、彼女の腕はささえる人のいない寂しさを感じた。彼の体のぬくもり、声や手ざわりなどが懐かしくてたまらなかった。かなわぬ思いに、ついには涙を流し、そのまま眠りにつくのだった。

「憎んではいないわ」リズは唇をかんだ。「憎もうとしたけど、どうしてもできないの」

「じゃ、どうして彼のことを話し合おうとしないの？」

「つらいの」振り向いたリズの声はしわがれていた。「だめなの、ステイシー、いまでも心が痛むのよ！」

希望のない恋の苦悩とあきらめがリズの目と震える口もとに表れていた。ステイシーは近づいて、リズの肩に手をかけた。「かわいそうなリズ、なにかしてあげられるといいんだけど」

「だれもなんにもできはしないわ。わたしはそれに耐えて生きてゆかなきゃならないの。それだけのことよ」リズは足をふらつかせたが、なんとか落ち着きをとり戻そうと必死になって言い放った。

傷心のまま、どうやって生きていけるのだろう？　満たされぬ恋しさはどこにぶつけたらよいというのか？　グラントのことを考えもせず、夢にも見ない日が来るのだろうか？　過去を振り返らず、将来のことだけを期待していくことができたら、どんなにいいだろう。だが、彼女にとって大事なことはすべて過去にあった。グラントなしには、これから先だって生きていくことができない。

二週間後、昼寝をしていたリズはステイシーに起こされた。「タウンセンドさんという方があなたに会いに見えてるわよ」

「タウンセンド？」リズは上体を起こし、目にかかった髪の毛を手でうしろに払った。「ジョー・タウンセンドね？」

「そう言っていたわ」

「会いたくないって伝えて。サインをしなければならない書類があるのなら、ここに置いていってもらえば、あとでサインして、郵送すると言ってちょうだい」

「離婚のことはなにもおっしゃってないわよ、リズ。ただ大事な話があるとだけ」

「どんな？」

「それはおっしゃらなかったわ。プライベートなことで、ただとても急ぐんですって」

グ、ラ、ン、ト、の、こ、と、だ！　ほかになにがあろう。リズははばかばかしくなってきた。でも、なぜマイラでなくて、ジョーが来たのだろう？　彼女はすこし怒りを覚えたが、それ以上にグラントのことを知りたがっていることを、認めざるを得なかった。

リズは気が変わった。「すぐ行きますと言っておいて」

グラントのことが聞けるなら、それは天の恵みだった。リズは髪にブラシをかけ、化粧を直した。最後にスカートを伸ばして、鏡に自分の姿を確かめたが、その手は震えていた。やせて、目の下にくまがあるので、病みあがりの感じがするが、どこから見てもあとはすっかり成熟した女性だ。情熱と悲哀のこもった顔にはもう思春期の表情はない。反抗的なほど大胆だった彼女は消え、すっかり控えめで謙虚な女性がそこにはいた。彼女はいまはもう、なにも期待せず、なにも希望してはいなかった。

リズは階段を下りながら、もっと落ち着いて見えればいいと願った。ジョーに夕食に誘われ、マイラが帰って来たことを知らされたのは何年も前のような気がする。あれからいろいろなことがあり、むなしい涙をたびたび流したのだ。

リビングルームに入ると、ジョーが近づいて来て、強く手を握った。

「また会えてうれしいですね」リズのこわばった顔を見て、彼の笑顔がまじめな表情に変わった。「流産はお気の毒でした」

「ステイシーがお話ししたのね」

ジョーはためらっていたが、すぐリズの手を放して言った。「腰かけましょう、リズ。話というのはグラントのことなんです」

「あの人のことはお話ししたくありませんわ」リズはステイシーのリビングルームで二人が向かい合って座ったとき、かたくなに主張した。

「ぼくの話を聞いていただくだけでいいんです。あなたはなにもおっしゃる必要はありません」ジョーはせっぱ詰まっていた。

「それならどうぞ。聞いています」リズはため息をもらした。

「グラントはいつもの彼じゃありません。いらいらしていて、ひどく酒を飲んでいます」ジョーが単刀直入に切り出した言葉に、リズはショックをかくせなかった。「あなたが家を出てから飲み始め、悪くなるばかりです。彼は仕事を一番大事にしていたのに、最近では病院にも自分の診察室にもほとんど姿を見せません。自分の患者はほとんどアラン・ビショップに任せ、このままだと、彼がどうなってしまうのか、ぼくはおそれているんです」

リズはひざの手をじっと見つめていた。ジョーの話は自分には関係のないことだ、と思って聞こうと努めていた。「わたしにどうしろとおっしゃるの？」

「彼と話をしてください。言い聞かせてやってほしい。そして正気に戻してほしいんです」

リズの表情が硬くなった。そして背筋をぴんと伸ばして言った。「相手を間違えていらっしゃるわ、ジョー。わたしじゃなくて、マイラにお話しなさるべきよ。グラントに最も影響力があるのは、あの人なんですから」

「マイラだって？」彼はまゆを寄せた。「マイラとこのこととなんの関係があるんですか？」

「ご存じのはずよ、ジョー。グラントはわたし達の離婚のことであなたにお願いしているのでしょう？」

「離婚？　なんの話？」

「わたしにはとぼけなくてもいいのよ」リズはいらだたしそうにため息をついて立ちあがり、窓辺に近づいて、いろどり鮮やかな庭の春の花々を眺めた。どこも新しい生命の息吹にあふれていたが、彼女の心だけはずっと冬のままだった。彼女は苦々しく思い、振り返りもせずに言った。「グラントがだれの束縛も受けずにマイラとの結婚のことを考えられるよう、わたしが家を出たことは、ご存じのはずよ」

「こりゃあ、驚いた。そんなこととはちっとも知らなかった」ジョーも窓辺に近づいて来て、リズを振り向かせた。「マイラは三カ月も前にあわてふためいてパリに帰ったんだ。それに、グラントは離婚のことなんかひと言もぼくには言ってはいない」

リズは心臓が、がくんと揺れるのを感じた。そしてゆっくり息を吐くと、つぶやいた。

「ぼくにもわからないな」ジョーはもじゃもじゃの赤褐色の髪の毛を指でかいた。「ぼくが知ってることを初めから全部話したら、二人とも筋道が見えてくるかもしれない」

「それがいいかもしれませんわ」リズは弱々しくそう言うと、もう立っていられなくなり、椅子に戻り腰を下ろした。

「アラン・ビショップの話をきいて、ぼくは数日前の晩グラントに会いに行きました。そしたら……」ジョーは、そう言ってひと息入れると口をゆがめて笑い、リズの前に腰をかけた。「そのときの彼のようすははぶくけど、なんとか彼を説き伏せて話をさせたんです。彼の話は支離滅裂だったけれど、あなたを追い出して、しかも流産させてしまったことで自分を責めていたようです。ぼくは、けんかかなにかして感情が爆発し、あなたが出て行ったものとばかり思った」

リズは青ざめ、震えていた。「赤ちゃんができたことは、わたしはひと言も言ってないのに、どうして彼は流産したことまで知っていたのかしら?」

「それはぼくにはわからない。ぼくに言えるのは、グラントは罪の意識にさいなまれ自分を壁に追いつめ、あなたにも会えない状態にしているってことだけです」

そんな話を聞いても、なんのことかリズにはさっぱりわからなかった。彼女は疑わしそうにジョーを見つめた。「わたしになにをしろとおっしゃるの? 行って彼の頭を撫で、わたしのことでこれからは責任を感じる必要はないって言えばいいんですか?」

「グラントはあなたを愛しているんですよ、リズ」

その言葉は、乾いた不毛の土地にまかれた実ることのない種子のように、彼女には響いた。「あの人がわたしを愛することはこれまでも決してなかったし、これからもありませんわ。だれかに頼らねばならないときに、わたしは便利だった。だから必要としていただけですわ。彼が愛しているのはマイラです。ずっとそうでした」

「いまはそうじゃない、そうでしょう？」

　ジョーはなおも言い張った。リズは言い争いをする気にもなれなかった。「グラントはわたしがここにいることをお話ししましたの？」

「いや、あなたの住所をきいたんだが、彼は教えてくれなかった。首を突っ込むな、と言っただけです。しかし、彼がいつか、あなたの義兄はピーターズバーグでガソリンスタンドを経営している、と話していたことを思い出したのです。ここのガソリンスタンドに片っ端から電話をかけ、そして、ようやくアンガス・マクロードを見つけました」ジョーはリズの青ざめた顔を見つめたまま、上体をかがめてきた。

「リズ、あなたはグラントを助けるべきだ」

「どうしてあの人がわたしの言うことを聞き入れるとお考えになりますの？」

「彼はあなたを必要としています。ぼくは確信しています。だけど、彼は誇り高く、ひどく強情で自分ではそれを認めようとしないだけです。あなたにひどい仕打ちをしたことがわかって、自分自身を憎み切っているように、あなたも彼を憎んでいると思っているんです」

「それは彼を憎んだことも少しはありましたわ。でも、いまはそんなことありません」リズはカーペットに目を落とし、希望がわいてくるのをなんとか抑えようとした。「でも、なぜ彼はわたしを愛しているとお考えなの？」

「そうじゃなかったら、どうしてあんなに自暴自棄になるんです？」

　自暴自棄？　グラントが？　わたしのせいで？

そんなばかな！

「マイラが恋しいからですわ」

「そうは思いませんね。かりにそうだったとしても、手をこまねいて、彼を自滅させてもいいってことにはならないでしょう？」ジョーは非難がましく軽く鼻を鳴らした。

「じゃあ、どうすればいいんですか？　あなたはどう思っていらっしゃるの？」

「彼に会いに行くんです、それだけです、ぼくがお願いしているのは」

リズはたじろいだ。あの鏡の家ではグラントとはもうぜったいに顔を合わせたくなかった。あの家には悲しい思い出がたくさんありすぎる。マイラの領域に踏み込むような気がするだけだ。

とんでもない考えがリズの頭に浮かんだ。「グラントを説得して、こちらの彼の牧場で一、二週間過ごさせることができますか？」

「できると思うけど、いったいなにを考えているんです？」

「まだはっきり決心したわけではないけれど、彼がこちらに来る日を連絡してくだされば、わたしは牧場に先に行けるかもしれません」

「彼にはそのことを言っちゃいけないんですね？　びっくりさせようってわけ？」ジョーは、口もとをほころばせ、緑色の目を輝かせて、人なつこい笑顔を見せた。

「びっくりさせると、うまくことが運ぶことがあるでしょう」ジョーの笑顔につられて、リズもほおをゆるめた。「グラントのことだけで、わざわざ遠いところをいらしたの？」

彼は肩をすくめた。「電話では微妙なところまで話せませんからね？」

「今夜はこちらにお泊まり？」

「ホテルを取ってあります。あした朝早くには出発しないと」
「今晩はここで夕食を召しあがっていらしてくださ
い」
「あの、ぼくは……」
「お願い、そうしてくだされば、わたしはうれしい
わ」
ジョーの心はなごみ、気持のよい晩のひとときを
過ごした。アンガスとステイシーは彼をリズの友達
としてもてなした。中でもアンガスは、ジョーが車
に興味を持っているのがうれしいらしく、よく話が
はずんだ。
その晩遅く、リズはジョーを車のところまで送っ
て出た。「はっきりしたら、連絡しますよ」
「もし、あなたの考えが間違っていたら？　グラン
トがわたしを必要としていなかったら、どうなりま
すの？」リズは心配そうだ。
「そしたら、あなたをしょっちゅう訪ねる友達の一
人に、ぼくを加えてくださいよ」リズは暗がりでジ
ョーの顔を見あげたが、彼が冗談を言っているのか、
本気なのか、わからなかった。彼の指が、彼女のほ
おを軽くかすった。「男ってやつは、失いそうにな
らなければ、自分の持っているものの値打ちがわか
らないんですよ。このことを忘れないで、リズ」
リズが答える前に車は走り去った。またかすかな
希望が芽ぶいてくるのを感じたが、彼女は腹立たし
げにそれを振り払った。
リビングルームに戻ると、アンガスはお気に入り
の椅子に体を伸ばし、ステイシーはコーヒーカップ
を片づけていた。リズはジョーの話を聞いたときか
らなにかがわだかまっていたのだが、ようやくそれ
を持ち出した。
「ステイシー、わたしの流産のこと、グラントに話
したの？」
ステイシーがはっとして顔をあげた。だが、口を

切ったのはアンガスのほうだった。「打ち明けたほうがいいよ。ほんとうのことはかくしておけるものじゃない」

「電話したのね？　あれほどしないように頼んでいたのに」ステイシーと面と向かったリズの目には怒りの火花がとんだ。

「それは逆よ。あなたが……流産した次の朝、グラントから電話がかかってきたの。わたしはすっかり動転していたから、つい話してしまって」

「なにもかも話したの？」ほおから血の気が引き冷たくなるのを、リズは感じた。

「なにもかもよ」ステイシーはきまり悪そうだ。

「彼はなんと言って？」

「なんにも」彼女はあからさまに手を広げて見せた。

「しばらく返事がないので、気を失ったのかと思ったくらいよ。そしたら、あなたに会いに行ってもいいか、ときくの。だめだって言ったわ。あなたはひどいことをしたのだから、妹はぜったい会いたくないはずだって」

「マイラのことはなにか言っていなかった？」

「いいえ。どうして？」

「わたしがグラントの家を出たら、マイラはすぐパリに帰って行ってしまったらしいの」

「彼はそんなことはひと言も言わなかったわ。もしかして、あなたは……」

「わたしはなにも想像してるわけじゃないわ、いまのところはね」

事情もわからずに、あまり期待をしてはならなかった。マイラはあれほどグラントを取り戻したがっていたのに、いざそれが自由にできるときになって、なぜとび出したのだろうか？　わけがわからなかった。

アンガスの声がした。「ステイシー、まだ全部を話したわけではないじゃないか」

ステイシーは困ったような顔をした。「ひと月ほど前、あなたに会えるかって、またグラントから電話があったの。そのときも、だめだって答えたの。だってほかに、なんてわたしは答えたらよかったの？ そのころあなたはグラントの名前を出すことさえいやがっていたんですもの」

「あなたを責めているわけじゃないわ、ステイシー。わたしが頼んだとおりに、あなたはしただけよ」リズはおだやかに言った。

「いままで黙っていたのは、あなたの気持を乱したくないと思ったからよ」ステイシーは肩の荷を下ろしたような顔をした。「それで、タウンセンドさんとはどんなお話だったの？」

かくしてもいずれはわかることだった。リズは彼とのやりとりを包みかくさず話した。それは数分のことだったが、その間ステイシーもアンガスも口をはさまなかった。

「わたしのことを気でも狂ったのかと思うでしょう。グラントのことなんか、地獄に落ちてしまえばいいと思ったのだけれど、わたしは……わたしにはできない。彼が必死に助けを求めているときに背を向けたら、わたしはそんな自分をいつまでも許せないと思うの」

リズが話し終えると、リビングルームはしーんと静かになり、ピンが落ちても聞こえるほどだった。

ステイシーが信じられないというように声をあげた。「あなたはまだグラントを愛しているわけ？ あんなひどい目にあわされたというのに？」

「わたしは頑固で利己的な、ときには傲慢でさえある彼を愛しているわ。なぜかわからないけど、わたしにとっては彼だけがただ一人の男性なの」苦悩に満ちた声でそう告白すると、リズは逃げるように二階へあがった。

それがリズの素直な気持だった。これまでもグラントを愛してきたし、これからもずっと愛し続けるのだ。だから、あんなばかげた、とんでもない計画を思いついたのだ。しかし……計画がうまくゆかなかったら、どうなるのだろう？　ジョーが言っていたように、グラントが結局のところはわたしを愛しているのだろうか？

「忘れるのね！　彼に悪かったと思わせれば、いいんだわ」理性は冷ややかにそう反応するのだが、感情は新しい希望に揺れていた。「グラント、ああ、グラント、どうぞ今度ばかりはわたしをがっかりさせないでね！」

やきもきしているうちに長い一週間が過ぎ、二週間目も終わろうとするとき、ジョーから電話がかかってきた。

「グラントがあしたの午後遅くそっちに行きます。ちょっと危なかったんですが、アランとぼくで、彼にはいなかの新鮮な空気が必要だ、と説き伏せました」

「わたしも関係している、と彼は疑ったりしていないでしょうね？」リズの心臓の鼓動は速まった。「それはだいじょうぶ。それより、どうやってあのコテージに入るつもりですか？　それとも、彼が落ち着いてから、訪ねる予定ですか？」

「彼が帰って来たときには、コテージにいるつもりです。鍵はサム・ミューラーがスペアを持っていますから、ご心配なく」

「それはよかった。あとは〝最大の幸運〟を祈るだけです」

「つきが必要ですわね」リズは神経質そうに笑った。脚がなえてゼリーのように頼りなく、彼女はしばらく壁に寄りかかっていた。

すると、ステイシーが二階から下りて来た。「グラントが帰って来るのね」

「あしたの午後ハイリッジズ牧場に着くそうよ」リズは下唇をなめた。

「失敗したらどうするの？　いや味を聞かされるだけかもしれなくてよ」

「とにかく彼を助けるためにやってみたという満足感だけは残るわ」

「あなた自身はどうなるの？　心の痛手のほかになにが得られるというの？」

「賭よ」リズは唇をかんだ。

いろんな意味で、この計画は賭だった。彼女とすれば、賭けてみなければならなかった。あれほど頑固に彼に会うことも話すことも拒んだのだから、彼が自分から彼女に折れてくるはずはなかった。しかし、彼が離婚の手続きを進めている気配はない。まだ二人の結婚は救えるという淡い希望は持てるのだ。その淡い希望に賭けてみよう。

その晩、リズはなかなか眠れず、日の出前にはもう起きていた。興奮と不安のうちに買い物のリストを作った。失敗するおそれのあることが多すぎて、考えるだけでも、頭がくらくらした。

ステイシーとアンガスと一緒に朝食のテーブルについたが、リズはなにを食べたかもわからなかった。

「夕方には帰って来られるの？」ステイシーがきいた。

「わからないわ。だけど、泊まる用意はしてゆく。グラントがわたしに泊まってほしかったら、そうするし、歓迎されなかったら、夕食までには帰って来ます」

「わたしがグラントだったら、あなたには顔は合わせられないわね」

「グラントの気持もそうだと思うの。だから、わたしが読みを間違えていなければ、すべてうまくゆく可能性もあるわけ」

アンガスが心配そうに口をはさんだ。「あんまり期待をかけないほうがいいよ。きみがまためちゃくちゃに傷つくのは見たくないからね」

「いまのところは、そんなに希望を持っているわけではないのよ」リズはため息をついた。「ただ、彼と話し合って、わたしは彼にとってなんなのか、はっきり知りたいだけ。彼が感じているのが、良心の呵責（かしゃく）だけなら、それがわかるだけでいいし、もしそれ以上の気持があったら……」

リズの声はしだいに小さくなった。希望や祈りを言葉にする必要はなかった。日暮れまでには、またむだな夢を見ているのかどうか、わかるのだ。

数分後にはリズは家を出て買い物をし、数カ月振りに、ハイリッジズ牧場に車を走らせていた。

10

高い木々がハイリッジズ牧場の屋敷を覆い、十一月の強い日差しをさえぎっている。リズのミニが近づくと、サム・ミューラーが門の近くまで出て来た。彼はずんぐりしていて、ごつごつした顔は暑い日差しを避けて、広縁の帽子をかぶっていた。リズは面倒なことにならなければいいが、と願った。

彼女がコテージの鍵（かぎ）を貸してほしいと頼むと、サムは水っぽい薄青の目でじろじろ彼女を眺めた。

「バタスビー先生が午後にはこっちに見えるのだが」サムは言い逃れようとした。

「知っているわ」リズはいら立つのを抑えた。

「先生と会う約束ですかい？」

「ううん。主人が来ても、わたしがコテージにいるとは言わないでね」

「鍵を渡したものかどうか、よくわかりませんがね」

「どうして？」苦悩の色が見える目から火花がとび、リズは鋭くたずねた。

サムは横柄にリズを眺め回すと、意地悪そうに、にやりとした。「あんたとバタスビー先生がこのところ一緒に暮らしてないことは、だれだって知ってますぜ。それに」

リズはさえぎった。「あなたは立派な管理人よ、サム。だけど、スキャンダルとはほど遠い話にも耳が早いのね。その上、おしゃべりでもあるようね。早く鍵をちょうだい。さもないと、主人のコテージに入るのに、わたしは窓ガラスを破らなきゃならないわ」

彼は目を丸くした。「そんなことをしたら、先生がおこりますぜ」

「あなたが鍵をくれなかったと言ったら、もっと大変よ」彼女はそう言ってサムを脅かした。

「そう意地悪は言わんことです。鍵はあげますよ、バタスビーの奥さん」サムは彼女をにらみつけ、ぶつぶつ言った。

鍵をハンドバッグにしまいながら、リズは、あまりいいスタートじゃないわ、と思った。幸運な一日で終わるように祈らざるを得ない。ああ、神さま、お願い！　うまくいきますように！

リズはミニカーをコテージから遠い木陰にかくれるようにとめた。そこからは、彼女は荷物を持って歩いて行った。木々の間からコテージを眺めて、彼女はしばし胸をつかれる思いだった。あの小さな住居には多くの思い出がこもっているのだ。彼女はふと足をとめ、先に進むのをためらったが、すぐに肩をいからせ、また歩きつづけた。庭はサムの世話できれいだった。その点だけはほめてあげてもよかった。

中に入ると、家具はほこりをかぶっていたが、あとはもとのままだ。留守にしたのは何カ月かにすぎないが、何千年もたっているような気がした。この小さなコテージで二人は幸せだった。グラントがその気なら、ここでまた幸せになれるのだ。だが、不確かなことが多すぎて、まだ将来を考えるどころではなかった。

リズは冷蔵庫のスイッチを入れ、腐りやすい食料品を詰め込んだ。あとは大掃除で時間のたつのも忘れた。十二時すぎにサンドイッチとコーヒーをとったが、すぐにまた部屋の空気を換え、ベッドに清潔なリネンをかけて、時計を見ると、もう三時だった。紅茶を飲んで、すぐ夕食の用意に取りかかった。考えるひまもないほど忙しかったが、突然激しく不安がよみがえり、小さな音がしてもとびあがるほど、緊張していた。

キッチンの窓に午後の太陽が斜めに差し込み、戸外の木々の間では、鳩(はと)が仲間を求め合い、遠くからは牛の鳴き声が聞こえる。いかにも平和な静けさだが、リズの心中はおだやかではなかった。四時……五時……五時半！　時間はどんどんたってゆく。

とうとう車の近づく音がした。やがて車がとまり、ドアが閉められ、重い足音が響いてきた。鍵穴に鍵が入れられ、リズは自分でも抑えられないほど心が震えた。グラントが帰って来たのだ！

彼女は手で髪を直した。鼻の頭が光っているのに気づいたが、もう遅い。なんとか自分を取り戻して、サラダ作りに専念しなくては。体中の神経全部がぴりぴりしている。グラントがキッチンに近づいて来た。入口で足音がとまった。わたしを見つめているらしい。リズは振り返った。

彼女をじっと見つめてたたずんでいるグラントを

見て、彼女はショックを受けた。げっそりとやつれて、灰色の目はくぼみ、口もとは冷酷そのものだ。彼女は泣きだしたかった。彼は幽霊を見るようにリズを見つめた。緊張した空気がただよった。そして、スーツケースを置くと、キッチンに二、三歩入って来た。

「こんなところでなにをしてる?」

冷静にするのよ、リズは自分に言い聞かせた。

「コテージは風通しが必要だと思って……。今夜は泊まることにしたの」

「ぼくが休暇を取るようすすめられてやって来たら、きみは偶然ここにいた、と信じ込ませたいわけだな?」

「なにも信じていただかなくていいのよ。だけど、いないほうがよければ、そうおっしゃって」

グラントは目を細めた。「ほんとだろうね」

「ほんとよ」背の高い彼が覆いかぶさるように近づいて来たので、リズは心臓が激しく速く鼓動し、息が詰まりそうだった。キッチンがせまくなった感じだ。だが、彼の目に攻撃の色が見えると、彼女は負けん気らしく、ぐっとあごを突き出した。「お邪魔でしたら、すぐ出て行きます。それから、このコテージには寝室は一つしかありませんから、夕食がすんだら、いずれにしろ引きあげなければならないと思いますけど」

グラントは口もとをゆがめた。「ぼくはラウンジのソファに寝たっていい。それに、ぼく達はまだ夫婦なんだから、きみが泊まっていったって、だれのひんしゅくも買いはしない」

リズはからかうような彼の視線から目をそらし、時計を見た。「食事の前にシャワーを浴びて、もっと楽なものに着替えをなさる時間はありますわ」

彼女はトマトを取って切り始めた。背中にグラントの視線を痛いほど感じる。手の震えているのが、わからなければいいと思う。やがて彼は寝室の方へ歩いて行ったようすだ。彼女はほっとして目を閉じ、しばらく食器棚に寄りかかり、気持を落ち着かせた。

あんなおそろしい顔のグラントはいままで見たことがなかった。リズは彼のハンサムな顔に刻まれた苦悩の影も、病的に黄ばんだ顔色も、無視することはできなかった。わたしが原因なのだろうか？　それともマイラなのかしら？

ステーキを裏返し、マッシュルームのソースを作っていると、グラントがシャワーを浴びる音が聞こえてきた。冷やしたワインを開ける前に、グラスを二つ出し、テーブルクロスを広げ、食器を並べれば、全部用意はできた。

三十分後、グラントが現れた。ブルーのデニムをはき、赤いチェックのシャツのそでをひじの上までたくしあげている。せいせいしたようすだが、顔つきのやつれは変わらない。リズはたまらなくなって、彼から目をそらした。

「お食事の前にワインはいかが？」彼女はさりげなくきいた。

「強いウイスキーといきたいところだが、ワインでもいいよ。ありがとう」ワインを注ぎながら彼女はグラントの視線を感じていた。グラスを手渡すと、なつかしい男性用コロンの匂いがする。手が触れた。彼女は腕までしびれた。「ここで一人でワインを飲みながら食事をするつもりだったのかい？」あざけるような口調だ。

「だれかを待っていたのなら、もう現れているはずですわ」彼女は、いやによそよそしげに答えた。ワイングラスの脚にかけた指が、こきざみに震えている。

「ぼくの車がとまっているのを見て、引き返したのかもしれない」

「その可能性はありますわね」

「もっとも、ぼくを待っていたのであれば、話は別だが」

「それもあるかもしれませんわね」

リズが急いで食事を出し、二人は黙ってテーブルについた。彼女は小さなテーブルの向こう側に座っているグラントを意識して、食べることができなかった。彼も食欲があるようすではない。ワインを飲み、少しずつ料理に手をつけるのだが、あれほど苦心して用意した料理はほとんど残ってしまった。リズは座って彼を見つめているだけで満足だったが、あえてそうはしなかった。また、あれほど彼に答えてほしいと思っていた疑問も投げかけることもなかった。

立ちあがって食器を洗い始めた。すると、グラントもふきんを取って、洗った食器を拭いてくれた。並んで仕事をするなんて、結婚当時のようだ。ただ、いまは二人とも黙ったままで、お互いの気持がぎこちなく緊張した空気が張り詰めている。

キッチンが片づくと、グラントがきいた。「これまで何カ月かの間にどのくらいここに来ているの？」

「今度が初めてよ。あなたは？」

「ぼくもだよ」二人の視線がからみ合った。「ここには思い出が多すぎる……」

「わたしもよ」リズはグラントの目になにかを、ちらっと見た。しかし、それもつかの間で、すぐに消えてしまった。

「ぼくが送った小切手を一度も現金にしていないね」

「破り捨てたわ」

「なぜ？」

「わたしにも誇りはあるのよ、グラント」

気詰まりな沈黙が流れると、グラントはたばこをくわえ、ライターを手で覆って火をつけた。「あの家は売って、もとのフラットに引っ越したんだ」

「そうですの」リズはつぶやくように返事をしたが、心臓はどきどき鼓動していた。

「ほかの家を買って、家庭らしいものにしたいと考えているんだ」

「それはいいことね」さりげなく答えたが、内心では、鏡の家が彼のものでなくなったことを知って、うれしくてたまらなかった。

グラントは口をつぐんだが、目は、コーヒーをわかし、カップに注ぐ彼女の動きを追っている。外は暗くなっていた。リズは明かりをつけて、テーブルに座った。二人の視線が合った。彼の灰色の瞳の奥には、リズがはっとして息を詰めてしまうほどの表情があった。胸が騒いだ。

「ぼくはなにもかもめちゃくちゃにしてしまったね？」

グラントの口調にはいつもの皮肉な調子はなかった。リズは心が動いた。「嵐は被害を残しますけど、修復のきかないほどの被害はめったにありませんわ」

彼の目が刺すようにリズの目を見つめた。口もとは自嘲でゆがんでいた。「もとに戻す余地があると言ってるのかい？」

「それはあなたしだいですわ」

グラントは彼女の方へ手を伸ばしかけたが、途中でなにかいら立たしそうにつぶやくと、椅子を引いて立ちあがった。そして、幅の広いデニムのベルトに親指をはさみ、窓の外の暗がりを見つめた。

「いんちきな光を放つ人造ダイヤモンドに目がくらんで、大事な宝石を捨ててしまった。ぼくはもう人に期待する資格を失った」彼は振り向きもせず、吐き出すように言った。あごの筋肉が動き、彼の激しい感情を伝えている。「ぼくが冷酷に捨ててしまったものを取り戻すためなら、いまはなにを犠牲にしてもいいと思っている。しかし、あやまちを改めようと、もとに戻っても間に合いはしない」

「わたし達は間に合ったわ」リズは立ちあがって、窓辺の彼のそばに歩み寄った。彼に手を触れたいという気持が彼女を襲ったが、代わりに自分の手を握り締めてがまんした。しかし、希望の火は炎となって燃えていた。「わたし達はここに戻って来たのよ。二人で初めからやり直すことができるわ。もし、あなたがそれを望んでいらっしゃるのなら」

「それはぼくが望んでいることじゃないよ、リズ」グラントは振り向いた。その表情は苦悩に満ちていた。リズは腕をまきつけ、慰めてあげたい衝動に駆られた。

「ぼくのわがままな人生で初めて、自分のことより、ほかの人の望みを第一に考えているんだ。だから、ピーターズバーグに来ることができなかった。きみが望んでもいないのに、きみに会いに来ることはできなかった」

リズはうれしさで体全体が熱くなっていた。グラントは彼独特のやり方でわたしのことを思い、気遣ってくれていたのだ。だが、二人の間にはまだ目に見えない壁があった。

「マイラのことを話して」リズは核心に触れた。グラントは直撃されたかのようにひるんだ。

「ぼくは狂っていたのだと思う。肉体的には六年間も彼女のとりこになっていて、関係を断ち切れなかった。事故のあと、彼女が、人間というものがいやになったが、きみが現れて、人生も悪くないとまた思うようになったんだ。マイラのことは卒業したと考えていた。だが、あのレストランで彼女に会って、それは空想にすぎないことがわかった。ぼくはまたわなにかかったんだ。もう逃れられないと思った。しかし、きみが出て行った次の日、マイラが訪ねて来て、ぼくはがっかりした。彼女になにも感じないんだ」グラントの声はかすれていた。「悪夢からさめ、また次の悪夢にさいなまれている感じだった。地獄の苦しみだよ！　ぼくは目がさめて、彼女には美しい肉体だけしかないことがわかったんだ。マイラはぼくが女性に求め、あこがれるものはなにも持ち合わせていなかった。そのとき初めて、ぼくは自分がなにをしたか、気づいたんだ。ぼくにはきみが必要だった。きみの温かさや、やさしさがほしかった。それなのに、ぼくは冷酷きわまりなく、きみを追い出してしまった」

「追いかけていらっしゃることもできたのよ」

「ステイシーと電話で話したあとでは、それはできなかった。きみの流産の原因になったことで、ぼくは自分がどうしても許せない。ステイシーはきみの気持も的確に伝えてくれた。きみはぼくには二度と会いたくないし、ぼくの名前を出すことさえも禁じている、ということだった」グラントは青白くなり震えていた。いつもの彼のようでは、まったくなかった。

「わたしは傷ついて、あなたを憎もうとしたわ。でも……」リズはのどを詰まらせた。「それは長く続かなかった」

「ひと月前、もう一度ステイシーに電話した。きみはまだぼくとのかかわり合いをいっさい断ちたいと願っているということだった」グラントは彼女の言ったことは聞かなかったかのように話し続けた。こめかみに白いもののまじる髪をかきむしる彼の手は震えていた。「それからのぼくはいささか狂ってしまった」

「グラント……」リズはもう彼の苦しげな表情に耐えられず、両手で彼の顔をはさみ、かすれた声でささやいた。「あなたを愛さなかったことは、わたし一度もないのよ」

グラントは彼女の手首を取ると、左と右のてのひらに続けて、火のような唇を押しつけた。驚いたことに、彼は涙を流していた。

「許してくれるかい？」静かな声だった。

「とっくに許していますわ」

「それ以上のことは望まない」

グラントがこんなにも謙虚なのを見るのは、リズには耐えられなかった。彼女は目に涙をため、のどを詰まらせた。「グラント、わたしが必要だったら、そう言ってくださるだけでいいのよ」

「ぼくはきみが必要だ」グラントはうめくように言った。リズの柔らかい体は彼の長身にしない、二人はいつまでも唇をむさぼった。離れ離れになっていたぶん、おたがいが求め合う気持が強かった。キスや荒々しい抱擁だけでは満たされないほどだ。グラントが唇を離し、彼女ののどもとへ顔をうずめたときには、思わず彼女は声をあげた。「きみが出て行くまで、どんなにきみが必要か、ぼくは知らなかった。しかし、そのときはもう遅かった」彼はもう逃がさないというように、しっかりリズの腕をつかんでいた。「あのけばけばしい家に、新鮮な息吹のようだったきみがいなくなって、ぼくはじっと自分の姿を鏡に映して見た。へどが出るほど自分がいやだった。ぼくは……」

「しーっ！　もうやめて」リズは感動のこもった声で言った。

グラントは飢えたように、しかしやさしく情熱をこめて、また唇を求めた。リズはあふれる愛でそれにこたえた。彼の手は彼女の腰をすべり、がっちりとした彼の体に引き寄せた。彼がどんなに彼女を必要としているか、痛いほど彼女にはわかった。ときはとまり、過去も現在もなかった。彼女は腕を彼の首に固くまきつけた。長かったみじめな夜をもう過ごすことはないのだ。これからなにか良いことのありそうな新しい日の夜明けだった。

二人ともひと息つき、やがてリズがきいた。「まだ、やり直しね？」

「それ以上の望みはぼくにはないよ」グラントは彼女の顔を両手で囲い、ほほ笑んだ。その目の輝きを見て、彼女は息が詰まらんばかりだった。彼のその表情をいつまでも心にとどめておきたかった。

「愛しているよ、リズ。命よりもきみを愛している。女性にこんなことを言うとは、考えてもみなかった」ささやきかける彼のその言葉は、リズにとっては、かつて聞いたこともない甘い音楽のようだった。

長く待ちこがれたその言葉を聞いて、ここ何カ月かの彼女の悩みや苦しみは溶けるように消えていった。「わたしを愛しているって、あなたの口から聞けるとは夢にも思っていなかったわ」

「どんなにきみを愛しているか、これからの生涯をかけて証明してみせる」グラントは声をこもらせ、せっぱ詰まったようにリズを抱き締めた。「ぼくはきみが必要なんだ。ぼくをときには、脅したり、しかったりするきみがいなければ、ぼくは存在しないのと同じだ。きみの声を聞き、手が触れられるほど近くにきみがいなければ、ぼくにとって一日は始まらない」

「ああ、グラント」リズはささやいた。幸せの涙がまつげに光った。「ごめんなさい、泣いたりして。だって、とっても幸せなんですもの」

その晩遅く、二人が抱き合って寝ているとき、グラントが言った。「ジョーとアランが休暇を取るようにすすめたとき、ぼくは最初は断ったんだ。しかし、いつの間にか休暇を取りたいと思うようになっていた。運命の女神がやさしければ、なんとかきみに会えて、再出発できるんじゃないかと期待したんだ」

「ところが、帰って来たとたん、わたしがここにいたわけね。でも、あなたはうれしそうな顔じゃなかったわ」リズはすねてみせた。

「びっくりしたんだよ。またきみがとび出してしまうようなことを、ぼくはするんじゃないかと心配だった。しかし、これはだれの計画？」

「わたしよ。ジョーが訪ねて来たの。あなたがまだ離婚の申請を出していないことを彼から聞いて、やり直せるチャンスが少し残っている、と考えたの」

「ぼくはばかだった、どうしようもないばかだった。きみが許してくれたときには、ほんとにびっくりして……」

リズは彼の唇に口づけして黙らせた。「愛しているわ、グラント。これまでも、これからもずっと」

彼女が引こうとすると、グラントの手は彼女のうなじをとらえて放さなかった。口づけが深まり、情熱的になった。彼の愛撫で、かつてなれ親しんだ身をこがすほどの欲求がよみがえり、その晩、リズはすべてをさらけ出した。与え、そして受け入れた。

彼女はグラントだけが案内できる神秘的な世界に投げ込まれていた。リズは再び生き返っていた。

リズは新しい住居のテラスに立ち、四千平方メートル以上もある広い庭園に長い影をおとす夕日を眺めていた。グラントはヨハネスバーグに帰るとすぐ、郊外のこの美しく古い屋敷を買い、二人は一カ月後に引っ越して来たのだ。その後三カ月の間にその屋敷を夢のような住居に変え、いまでは客を招いたり、くつろいだりしている。リズはこんなに幸せだったことはなかった。しかし、その日の午後、外から帰って来たリズの目はくもっていた。グラントは遅くなると言っていて、そんなときは、彼は病院で軽い食事をするのだ。彼女は本を読み始めたが、なかなか集中できなかった。

グラントに早く帰って来てほしかった。しかし時計が九時を打つと、リズは本を閉じ、二階にあがった。バスルームに入っていると、グラントのジャガーが帰って来た音がした。彼女は初めてほっとした。

寝室に入るグラントの足音は重く、疲れた感じだ。リズがバスルームから出ると、彼はベッドの上に体を伸ばしていた。ジャケットとタイを取り、シャツのボタンもウエストのあたりまではずしている。靴は脱ぎ捨ててあった。

「お疲れのようね」リズは絹のローブのベルトを締めながらベッドに近づき、腰を下ろした。

「ひどい一日だったよ」グラントは手を彼女のとうもろこし色の髪の下に入れて引き寄せ、ゆっくりキスをした。

「きみはどうだった?」

「まあまあね」リズの目はなにか秘密めかして光っていたが、長いまつげでかくれている。「しばらく庭をいじって、買い物に出たの。それから、メディカル・センターの三階にある、なつかしいお年寄りの先生の診察室を訪ねたわ」

「リズ?」グラントは彼女を引き寄せて横たわらせ、問いかけるように彼女の目をのぞき込んだ。彼は疲れを忘れていた。「妊娠したのかい?」

「お医者さまにしては、あなたはかなり鈍感よ、そうでしょう?」

「自分の妻を愛するのに忙しくて、ほかのことを考えるひまがなかった」

「父親になるって、いい気持?」

「すばらしいね」

「グラント……」てのひらに口づけする彼の唇の動きがとてもエロチックだったので、リズは手遅れにならないうちにと思って、切り出した。「メディカル・センターを出たとき、アラン・ビショップに会ったの。あの人……マイラがしばらくヨハネスバーグに帰っていると言ったわ」

「知ってるよ」グラントは彼女の手を自分の胸に押

しつけた。鼓動が平静なのがわかった。「きょうの午後ちょっと会ったんだ」

「それで?」リズは息を詰めた。

「なにもないよ」彼はいつものゆがんだ笑みを浮かべている。「彼女はもう一度、かつてのすばらしい思い出を実現させよう、とぼくを口説いたよ。しかし、今度はぼくも乗れないよ。うまくゆかないことがわかっているからね。確かに、彼女は美しいが、ぼくはこの腕の中にほしいものをすべて持っているんだ。ぼくにとって、きみはこの世の中でなににもまして一番大事な人なんだ」リズのほおに涙が流れた。「なぜ泣くの?」

「とても幸せだからよ」リズは大きく息をついた。「今度はぼくを信じるかい?」

「ばかだね」グラントはやさしくからかった。「今度はぼくを信じるかい? ぼくがきみを愛していることを信じるかい?」

「愛されていることはわかっています。あなたを信じるわ。だけど……やっぱり少しこわいの」

グラントは彼女のローブのベルトを引っ張ると、手を中にしのび込ませた。おなかを撫で、胸のふくらみを覆った。

「もうこわがったりしないね?」

「こわがったりせずに、あなたを愛せるようにするわ、ダーリン」リズは落ち着かなそうにつぶやいた。

彼女の唇は覆われ、脈拍が速くなっていった。

もうマイラをおそれる必要はなかった。リズはグランとを疑ったことはないのだが、なぜか彼をマイラにとられるのではないか、と不安だったのだ。とにかく過去のつながりは絶たれた。おなかには彼との愛の結晶も育っている。彼がわたしを愛していることも、もう疑う必要はなかった。

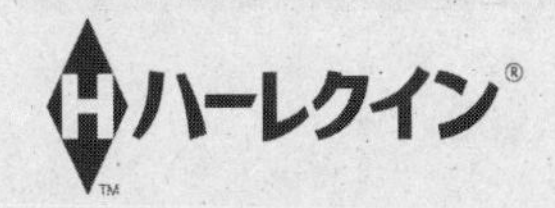

ハーレクイン・ロマンス　1984年12月刊（R-361）

鏡の家

2025年3月5日発行

著　　者	イヴォンヌ・ウィタル
訳　　者	宮崎　彩（みやざき　あや）
発 行 人	鈴木幸辰
発 行 所	株式会社ハーパーコリンズ・ジャパン 東京都千代田区大手町 1-5-1 電話 04-2951-2000（注文） 0570-008091（読者ｻｰﾋﾞｽ係）
印刷・製本	大日本印刷株式会社 東京都新宿区市谷加賀町 1-1-1
表紙写真	© Silkstocking2014 ｜ Dreamstime.com

ISBN978-4-596-72321-5 C0297

3月14日発売 ハーレクイン・シリーズ 3月20日刊

ハーレクイン・ロマンス
愛の激しさを知る

消えた家政婦は愛し子を想う	アビー・グリーン／飯塚あい 訳	R-3953
君主と隠された小公子	カリー・アンソニー／森　未朝 訳	R-3954
トップセクレタリー《伝説の名作選》	アン・ウィール／松村和紀子 訳	R-3955
蝶の館《伝説の名作選》	サラ・クレイヴン／大沢　晶 訳	R-3956

ハーレクイン・イマージュ
ピュアな思いに満たされる

スペイン富豪の疎遠な愛妻	ピッパ・ロスコー／日向由美 訳	I-2843
秘密のハイランド・ベビー《至福の名作選》	アリソン・フレイザー／やまのまや 訳	I-2844

ハーレクイン・マスターピース
世界に愛された作家たち
〜永久不滅の銘作コレクション〜

さよならを告げぬ理由《ベティ・ニールズ・コレクション》	ベティ・ニールズ／小泉まや 訳	MP-114

ハーレクイン・プレゼンツ作家シリーズ別冊
魅惑のテーマが光る
極上セレクション

天使に魅入られた大富豪《リン・グレアム・ベスト・セレクション》	リン・グレアム／朝戸まり 訳	PB-405

ハーレクイン・スペシャル・アンソロジー
小さな愛のドラマを花束にして…

大富豪の甘い独占愛《スター作家傑作選》	リン・グレアム 他／山本みと 他 訳	HPA-68

文庫サイズ作品のご案内

◆ハーレクイン文庫・・・・・・・・・・・・・・毎月1日刊行
◆ハーレクインSP文庫・・・・・・・・・毎月15日刊行
◆mirabooks・・・・・・・・・・・・・・・・・・毎月15日刊行

※文庫コーナーでお求めください。